Über die Autorin:

AF201258

Corinna Weber wurde im März 1976 in Darmstadt geboren. Sie lebt mit ihrer kleinen Familie in dem schönen Örtchen Wald-Michelbach im Odenwald.

Der erste Band aus der Taschenbuch Reihe „Ronjas Welt" handelt von dem Leben einer jungen Frau, die gerade 18 Jahre alt geworden ist. Vieles gibt es nun zu erleben und zu entdecken.

Die Autorin gab ihrer Hauptprotagonistin den Namen „Ronja", um ihrer, im September 2019 verstorbenen, zweijährigen Tochter durch die Romanfigur wieder Leben einzuhauchen.

Sämtliche restliche Personen der Geschichte, sowie Handlungen oder Ähnlichkeiten, sind frei erfunden und daher rein zufällig. Die Orte gibt es tatsächlich.

Neben der nun entstehenden Taschenbuch-Reihe stammen die „MUDDI" Zusammen schaffen wir alles-Bücher aus der Feder der Odenwälder Autorin.

Corinna Weber

Ronjas Welt

Band 2

Impressum:

Bibliographische Information der Deutschen Nationalbibliothek:

Die Deutsche Nationalbibliothek verzeichnet diese Publikation in der Deutschen Nationalbibliografie; detaillierte bibliografische Daten sind im Internet über dnb.dnb.de abrufbar.

Copyright 2020 Corinna Weber

Herstellung und Verlag: BoD – Books on Demand, Norderstedt

ISBN: 978-3-7519-5806-6

Für meine drei wundervollen Töchter

Vorwort

Endlich 18! Jetzt fängt das „richtige" Leben ja eigentlich erst an. Endlich alleine Auto fahren, wählen gehen dürfen, Alkohol kaufen, alles selbst unterschreiben können…. Aber auch ziemlich viel Verantwortung, Probleme, die vielleicht vorher noch keine waren und viele neue Eindrücke, Erlebnisse und Erkenntnisse. Das alles bringt das „Erwachsenenleben" nun mal mit sich. Ronja wird manchmal lernen müssen, sich anzupassen. Nicht unbedingt die leichteste Übung für so einen kleinen Sturkopf. Wie gut, dass es da im Hintergrund immer noch Menschen gibt, die sie unterstützen und für sie da sind. Und die mit ihren kleinen und größeren Verrücktheiten Ronjas Welt ganz schön in Bewegung bringen. Langweilig wird's jedenfalls nicht, wenn nicht Ronja selbst dafür sorgt, dann alle anderen.

Und zum besseren Verständnis werden sie alle hier zunächst vorgestellt:

Georg, genannt „Schorsch"	Vater
Mathilda, seine Frau, genannt „Mia" oder auch „Mamutschka"	Mutter
Ronja, genannt „Noni"	die jüngste Tochter
Finja, genannt „Nana" oder „Finni"	die Mittlere
Anja	die Älteste
Reiner	der (Ex) Mann von Anja
Leonie und Lennox	die Kinder von Anja und Reiner
Else und Jürgen	Anjas Schwieger-eltern
Doro	Finjas Lebens-partnerin
Rosa und Karl	Schwester und Schwager von Georg

Lena	Ronjas beste Freundin
Karin	Lenas Mutter
Greta	Mathildas beste Freundin
Alexander	Nachbar und Anjas Liebhaber
Nadja	Alexanders Frau
Nico	Ronjas Freund
Ute und Roland Schütz	Nachbarn und Freunde von Mathilda und Georg

„Herzlich willkommen an der „Akademie für Gesundheitsberufe in Heidelberg." Die ältere, etwas resolut wirkende Frau vorne an der Tafel sah in die Runde. Die neue Klasse war wieder mal bunt gemischt, fast jede Altersgruppe schien hier vertreten. Sie hatte in den Jahren, in denen sie als sogenannte Pflegepädagogin und Praxisanleiterin arbeitete, schon oft festgestellt, dass sich manche erst spät für einen krankenpflegerischen Beruf entschieden. Die Jüngeren waren meist sehr enthusiastisch und am Anfang übereifrig. Genau das aber verflog oft ziemlich schnell und machte einer gewissen, phasenweise geprägten Unlust Platz. Krankenschwester oder eben Kinderkrankenschwester war nun mal kein einfacher Beruf. Dafür aber sehr erfüllend, so empfand sie es zumindest. Sie war jetzt 54 Jahre alt, und als sie sich dem Beruf körperlich nicht mehr gewachsen fühlte, hatte sie umgeschult und war in den Lehrbereich gewechselt. Die Arbeit mit den unterschiedlichen Schülerinnen und Schülern machte ihr großen Spaß und sie liebte es, ihr Wissen weiterzugeben. Die Älteren hatten sich etwas zum Schreiben parat gelegt. Wobei man von „Älteren" jetzt auch nicht wirklich reden konnte. Laut Liste war die älteste

Schülerin gerade mal 28, die Jüngsten waren gerade 17 Jahre alt. „Mein Name ist Edith Fink, ich bin ab heute für die nächsten drei Jahre, wenn es gut läuft, ihre Ansprechpartnerin." Sie strich sich die graumelierten Haare aus dem Gesicht. Sie war etwas fülliger, hatte aber einen exzellenten Kleidungsstil, der ihre paar Extrapfündchen perfekt umspielte. Einzig ihr etwas sonderbarer Schuhtick hatte ihr des Öfteren schon belustigte Blicke eingebracht. Auch heute trug sie, völlig unpassend zu ihrer schlichten Jeans und der geblümten Bluse, Gummistiefeletten in Tarnfarben. Ronja, die neben einer jungen Frau in ihrem Alter ziemlich hinten im Raum saß, prustete beim Anblick des ausgefallen Schuhwerks ziemlich laut los. Im gleichen Moment war es ihr peinlich und erschrocken schlug sie die Hand vor den Mund. „Na junges Fräulein, lassen Sie uns an dem Grund ihres Heiterkeitsausbruches teilhaben? Wie heißen Sie denn?" Ronja stand auf. Sie wusste zwar nicht, ob das von ihr verlangt wurde, aber einmal blamieren reichte ja wohl für den Anfang. „Mein Name ist Ronja Blomen" sagte sie artig, aus lauter Unsicherheit hätte sie beinahe einen kleinen Knicks hingelegt. Frau Fink sah es ihr an und musste lächeln. „Keine

Angst, ich fressen keine Erstsemester. Sie sollten sich nur gleich schon mal an den Anblick meines Schuhwerkes gewöhnen, es könnte sonst sein, dass ich Sie noch öfter aus der Fassung bringen werde. Sie dürfen im Übrigen gerne sitzen bleiben, wenn ich Sie anspreche, wir sind ja nicht beim Bund." Die Klasse lachte, Ronja setzte ich leicht errötend wieder hin. Na toll, da hatte sie ja einen gelungenen Start hingelegt. Dabei saß da vorne in der zweiten Reihe ein Typ, den sie auf Anhieb überaus sympathisch gefunden hatte. Der drehte sich jetzt zu ihr um und grinste. Ronja beschloss, ihn vorläufig zu ignorieren und konzentrierte sich lieber auf das, was Frau Fink da vorne von sich gab. Nach sechs Stunden war der erste Tag vorbei und Ronja schwirrte der Kopf. Aber sie freute sich auf die kommende Zeit und auf das, was sie alles erleben würde. Sie stellte sich an die Haltestelle und wartete. Ihre S-Bahn, die sie zu Anja nach Dossenheim bringen würde, kam erst in einer Viertelstunde. Sie holte ihr Handy raus und versuchte ihre Mutter zu erreichen. Sie hatte jetzt irgendwie das dringende Bedürfnis, mit irgendjemandem aus ihrer Familie zu reden. „Hallo mein Schatz, na, wie war dein erster Tag in der Fremde?" Mathilda, Ronjas Mutter, freute sich ihre Jüngste zu hören. Ihr war der Abschied ziemlich schwer gefallen, auch wenn Ronja ja nun wirklich nicht weit weg von zuhause war. Unter der Woche würde sie bei ihrer großen Schwester wohnen, deren Haus war nur knapp 15 Minuten Autofahrt von Heidelberg entfernt und somit ideal für Ronja. Außerdem hatte sie genügend Platz, seit sie ihren Ehemann Reiner vor die Tür gesetzt hatte. Sie kam problemlos mit der S-Bahn oder mit dem Bus bis fast an die Schule und später auch an die Kinderklinik. Ihr eigenes Auto, ein kleiner schwarzer Corsa, stand daheim bei ihren Eltern. Morgens in Heidelberg einen Parkplatz zu finden war fast ein Ding der Unmöglichkeit, da war es so erheblicher einfacher. „Joa, alles gut soweit. Viele neue Leute und noch mehr Dinge, die man sich merken muss. Aber die scheinen alle echt nett zu sein. Mal gucken, wie die Woche noch wird. Ist ein ziemlich bunter Haufen, insgesamt sind wir 23. Davon sind fünf Männer, alle ungefähr in meinem Alter. Der Rest sind Frauen, wobei eine schon 28 ist. Ich sitze neben einer Natascha, die ist 19 und kommt aus Dresden. Also eigentlich, seit ein paar Jahren wohnt sie wohl in Leimen. Die kommt aber jeden Morgen mit dem Auto. Frau Fink, unsere Praxisanleiterin ist wahrscheinlich auch 'ne ganz Nette, die hatte heute unfassbare Schuhe an und meinte zu mir, dass sie so etwas wohl öfter trägt. Ich sag dir, ein Ausbund an Hässlichkeit, keine Ahnung, was das darstellen sollte. Und blamiert hat sie mich auch gleich mal. Die hat uns jetzt den ganzen Morgen erklärt, was wir diese Woche noch machen. Ich bin mal echt gespannt, was da noch auf uns zukommt. Also ich sag dir...." Mathilda unterbrach den Redefluss ihrer Tochter. „Meine Güte, hol mal Luft, ich komme ja kaum noch hinterher." Mittlerweile war Ronjas S-Bahn gekommen. Sie stieg ein und suchte sich einen Platz ganz hinten am Fenster. Sie ließ sich in den gemusterten Sitz fallen, knallte ihre Tasche neben sich und sagte dann zu ihrer Mutter am Telefon „Ok, was willst du wissen?" Mathilda musste am anderen Ende der Leitung leicht schmunzeln. Sie kannte Ronja nur zur Genüge. Der Tag war anstrengend gewesen, viele neue Eindrücke waren auf sie eingeprasselt, fremde Gesichter, ungewohnte Situationen. Alles Dinge, mit denen Ronja eigentlich recht gut zurechtkam. Wenn aber auch nur eine Kleinigkeit anders lief, als sie es sich in ihrem süßen Köpfchen zurechtgelegt hatte, wurde sie schnell genervt und zickig. Diese Frau Fink hatte ihr offenbar die Petersilie ziemlich verhagelt. Ronja hörte sich an, als hätte man sie persönlich zutiefst beleidigt. „So Liebes, jetzt beruhigst du dich erst mal und erzählst mir lieber, was den Rest der Woche noch so geplant ist." Ronja starrte aus dem Fenster. Sie mochte Heidelberg eigentlich ganz gern. Früher war sie mit ihren Eltern oft hier im Zoo gewesen und auch schon ein paarmal auf dem Schloss, das am Nordhang des „Königstuhls" stand und dort das Bild der Altstadt dominierte. Die war im Übrigen echt sehenswert, also die Altstadt. Es gab dort tolle stylische Geschäfte, viele Möglichkeiten zum lecker essen und noch mehr Möglichkeiten zum Abends ausgehen. Ronja hoffte, während ihrer dreijährigen Ausbildung den ein oder anderen feuchtfröhlichen Abend mit einigen ihrer Mitschüler dort verbringen zu können. Es würde sich noch heraus stellen, mit wem es sich gut feiern ließ und mit wem eher nicht. Sarah, die Älteste in der Klasse, hatte zum Beispiel einen kleinen Sohn, die würde bei einem Zug durch die Kneipen wohl eher weniger dabei sein können. Mal schauen, wie sich das mit Natascha anließ. Mit all den anderen hatte sie bisher ja noch nicht allzu viel zu tun gehabt. Vor allem musste sie morgen mal gucken, wie dieser schnuckelige Typ hieß, der sie so frech angegrinst hatte. In dem ganzen Trubel hatte sie sich noch nicht alle Namen gemerkt. „Bist du vor Erschöpfung eingeschlafen oder warum redest du nicht mehr mit mir?" Jesses, Ronja hatte ihre Mutter am Telefon völlig vergessen. Schuldbewusst holte sie sich wieder gedanklich zurück. „Ne, ich bin noch da, `tschuldige. Also wir bekommen diese Woche noch unsere Arbeitskleidung und unsere Unterrichtsmaterialien. Dann werden wir noch den einzelnen Stationen zugeteilt und bekommen den Lehrplan für das gesamte erste Jahr. Und dann ist die Woche bestimmt schnell vorbei. Am Freitag habe ich nur einen halben Tag, da komm ich dann mit Anja heim. Wie geht's euch? Was treibt ihr so ganz alleine ohne uns alle?" Ronja mochte es sich eigentlich nicht wirklich eingestehen, aber sie vermisste ihre Eltern. Sie schluckte ein wenig bei dem Gedanken, jetzt daheim sein zu können, vielleicht mit ihrer Mutter einen Kaffee zu trinken und mit ihrem Papa abends im Hof gemeinsam eine Zigarette zu rauchen. „Ich habe angefangen, den Hof und den Garten winterfest zu machen, es wird ja Nachts jetzt doch schon ganz schön kalt. Und dein Vater wollte die Woche noch die Reifen wechseln. Morgen Abend kommen die Schützens zum „Canastern" und am Mittwoch geh ich mit Inge schwimmen." Roland und Ute

Schütz waren Nachbarn und langjährige Freunde von Mathilda und Georg, die beiden Paare trafen sich regelmäßig zwei mal im Monat zum Karten spielen. Im Sommer traf man sich öfter zum Grillen oder auch mal zu einem gemütlichen Glas Wein. „Ich bin gleich in Dossenheim, mal gucken, was es heute bei Anja zu essen gibt." Ronja verzog innerlich das Gesicht. Ihre älteste Schwester war wahrlich keine Meisterköchin, es reichte mit Ach und Krach das Leonie und Lennox, ihre beide Kinder, nicht nur von diversen Lieferdiensten leben mussten. Kulinarische Hochgenüsse waren da eher selten. „Gut mein Schatz, dann grüße die drei von mir. Du kannst jederzeit anrufen wenn du magst..... bis auf heute Abend vielleicht." „Na super, danke Mama!" Ronja tat beleidigt. Ihre Mutter am Telefon lachte. „Nein, Spaß, du weißt....." „Ja, ich darf mich immer melden wenn mir danach ist.Bis morgen Mama, hab dich lieb." Ronja schmiss einen Kuss durchs Telefon. „Tschüss mein Kind, ich dich auch", dann legte Mathilda auf.

Sie saß zuhause in ihrer Küche und dachte an das eben geführte Telefonat mit ihrer Tochter. Ronja war, so zickig und widerspenstig sie auch sein mochte, tief drinnen immer noch ein Kind. Schnell auf hundertachtzig, aber auch genauso schnell wieder sanft wie ein Lamm. Und trotz der großen Klappe eigentlich noch ziemlich unbeholfen. Als sie vor einem halben Jahr verkündete, dass sie eine Ausbildungsstelle in Heidelberg bekommen hatte, war die ganze Familie überglücklich. Kinderkrankenschwester zu werden war eigentlich Ronjas Traumjob und jeder hatte sich mit ihr gefreut. Sie entschied sich damals, den Großteil der Ausbildung bei ihrer Schwester zu wohnen, und bis zu dem Tag, an dem es dann wirklich soweit war, war das auch wirklich eine Spitzenidee. Jetzt merkte Mathilda, dass es Ronja schwer fiel, nicht zuhause sein zu können wann sie es wollte. Nun gut, das gehörte aber nun mal zum Erwachsen werden dazu. Und vielleicht würde es ihrer kleine Prinzessin ja auch mal gut tun zu merken, dass es nicht immer nach ihrer Nase gehen konnte. Sie machte sich auch keine allzu großen Sorgen, dass Ronja das alles nicht schaffen würde. Sie war ehrgeizig und immer mit dem Kopf voran, egal wie hart die Wand vor ihr auch war, sie versuchte

durchzukommen. Mathilda stand von ihrem Stuhl auf und streckte sich. Es war definitiv Zeit für eine schöne Tasse Kaffee, eventuell würde Georg ja auch bald auftauchen. Sie gab Wasser in die Kaffeemaschine, zählte sechs Löffel Kaffeepulver in den Filter und schaltete die Maschine an. Just in dem Moment hörte sie die Haustür aufgehen. Sie rief in den Flur „du kommst gerade richtig" und holte zwei Tassen aus dem Küchenschrank. „Na das nenne ich aber mal eine tolle Begrüßung, kaum ist man die Tür drin kriegt man Kaffee angeboten. Super!" Finja drückte ihre Mutter. Die war leicht irritiert ihre mittlere Tochter vor sich stehen zu sehen. Eigentlich hatte sie vorgehabt, erst wieder am Mittwoch nach Hause zu kommen. „Was machst du denn hier?" fragte sie dementsprechend. Finja schaute sie ein wenig vorwurfsvoll an. „Hattest du tatsächlich vergessen, dass ich heute komme? Wir wollten doch zusammen nach dem Schild gucken für Papas Werkstatt." Mathilda schlug sich an den Kopf. Finja grinste „mach das nicht zu fest, nicht das der Kalk zu den Ohren raus rieselt."
„Also ehrlich, freches Ding!" Mathilda sah Finja empört an, wenn auch nur halb ernst gemeint. Sie wusste, dass ihre Töchter sie nur zu gerne neckten. Und seit Finja mit Doro

zusammen war und in ihr scheinbar die große Liebe gefunden hatte, war sie wieder ganz die Alte. Immer zu Späßen aufgelegt, mit oft ziemlich derben Sprüchen. Mathilda mochte diese Art von Humor, sie selbst war eher gerne ironisch, sarkastisch, manchmal sogar leicht zynisch. Man kannte und mochte sie genau deswegen. Sie hatte diesen Humor zwei ihrer Kinder fast eins zu eins vererbt. Lediglich Anja tanzte da etwas aus der Reihe. Sie hatte die letzten Jahre offenbar das Lachen etwas verlernt. Mathilda schob das aber eher auf die Menschen, die sich die letzten Jahre vermehrt in Anjas Leben eingemischt hatten. So wie ihr bekloppter Noch-Ehemann Reiner und dessen anstrengenden Eltern Else und Jürgen. Das Beste an dem ganzen Ehedilemma waren noch die beiden Kinder Leonie und Lennox. Aber seit Anja Reiner vor knapp vier Wochen nach einem heftigen Krach einfach vor die Tür gesetzt hatte, ging es auch mit ihrer Laune wieder bergauf. So ganz langsam und allmählich wurde sie wieder ganz die Alte. Und die Zeit mit ihrer jüngsten Schwester würde ihr jetzt bestimmt auch gut tun.

„Ich hatte eigentlich deinen Vater erwartet. Und ja, ich hatte wirklich komplett vergessen, dass du kommst. Vielleicht kannst du Papa mal anrufen, wie lange er ungefähr noch braucht, dann können wir ja schon mal wegen dem Schild gucken." Georg hatte im Dezember Geburtstag und Finja hatte die glorreiche Idee gehabt, ihm ein Schild für seine Werkstatt anfertigen zu lassen. Georg war ein passionierter Bastler und hatte sich in einem der zwei Kellerräume ein kleines "Männerparadies" eingerichtet. Es fehlte eigentlich nur noch das passende Türschild. Jedenfalls wenn es nach Finja ginge. Das würde er von ihr und Doro bekommen. Mathilda fand die Idee aber auch nicht schlecht. Sie hatte für ihren Mann, natürlich völlig uneigennützig, einen Wellness Gutschein inklusive 3tägigem Hotelaufenthalt im Schwarzwald besorgt. „Huhu Papa, ich bin's. Sag mal, kannst du vielleicht nachher noch Brot mitbringen bevor du heim kommst? Und weißt du schon, bis wann du kommst?" Sie zwinkerte ihrer Mutter zu. Ganz schön raffiniert, woher sie das wohl hatte? „Alles klar, nein, das reicht, dann sage ich Mama Bescheid. Bis nachher dann." Sie legte auf und ließ sich auf die Kücheneckbank fallen.

„Also Papa ist gut noch zwei Stunden weg. Dann hole ich jetzt meinen Laptop und `ne Tasse Kaffee würde ich auch nehmen. Und dann könnten wir loslegen." Finja strahlte und

Mathilda ergab sich seufzend ihrer guten Laune.

„Ich bin wieder da." Ronja schmiss die Haustür zu, eventuell etwas schwungvoller als gewollt. Auf alle Fälle rief sie sofort Anja auf den Plan. „Jesses Noni, die Haustür ist doch nicht aus Beton. Ein kleines bisschen sanfter wenn ich bitten darf." Sie ging vor zur Haustür und untersuchte den Türrahmen. „Gott Anja, ich bin doch nicht Hulk und Popeye in einer Person, deiner Haustür geht's prima. Sag mir lieber, ob's irgendetwas zu essen gibt. Mein Tag war lang und hart." Ronja ließ sich mit samt Tasche und Schuhen auf die Couch fallen. Anja schloss, nach gründlicher Inspektion, sanft und leise die Haustür, dann drehte sie sich zu Ronja um und schüttelte missbilligend den Kopf. „Würdest du bitte deine Schuhe vom Polster nehmen? Sogar meine Kinder wissen, dass man das nicht macht. Offensichtlich habe ich ab jetzt ein Kind mehr im Haushalt. Aber da dieses „Kind" schon älter ist als die anderen, erwarte ich ein kleines bisschen mehr Verständnis und

Mithilfe." Ronja verdrehte genervt die Augen. Das war ja fast schlimmer als Zuhause. Ihre Mutter war da sogar eher ziemlich entspannt. Es gab zwar auch einige Regeln, an die man sich zu halten hatte, aber das empfand Ronja weder schlimm, noch regte sie sich sonderlich darüber auf. Sie hatte gedacht, das Zusammenleben mit Anja würde da eher sehr viel locker werden. Aber sie vergaß auch, dass Anja eine Frau und Mutter von 34 Jahren war und keine gleichaltrige Freundin. Anja erhoffte sich etwas Unterstützung und Ablenkung, Ronja war eher auf eine Art dreijährige „Pyjamaparty" gepolt. Ein tieferes Gespräch über das gemeinsame, phasenweise Zusammenleben hatten sie dementsprechend noch nicht geführt, Anja sah es an der Zeit, das jetzt nachzuholen. Sie schob Ronjas Füße beiseite und setzte sich neben sie auf die Couch. „Hör mal Noni, so wird das auf Dauer nicht funktionieren. Ich gehe auch seit heute wieder arbeiten, wie du weißt, Leonie und Lennox sind auch noch da und das Haus hält sich nicht von alleine sauber. Einkaufen, Wäsche waschen, Rechnungen bezahlen, putzen, kochen, arbeiten….das sind alles nun mal Dinge, die wir Erwachsenen tagtäglich tun müssen. Und da DU da jetzt seit ein paar Wochen dazu zählst, sind das auch automatisch ein Teil DEINER Aufgaben. Wir holen uns jetzt einen Zettel und einen Stift und erstellen eine Art Plan. Ich weigere mich vehement, dass hier alles an mir hängen bleibt." „Aber ich muss doch auch lernen und arbeiten, wann soll ich das dann alles noch machen?" Ronja schob schmollend die Unterlippe nach vorne. In dem Moment erschien ihr Anja wie der größte Spielverderber im Kinderparadies. Klar hatte sie bestimmt recht, aber das war ja alles noch viel weiter weg von „lustig" als Ronja befürchtet hatte. „Nun denn, dann lass uns mal deinen wunderbaren Plan erstellen." Sie erhob sich von der Couch, schlurfte zu einer Küchenschublade, holte Stift und Zettel heraus und setze sich wieder neben Anja. „Ich höre…" Anja seufzte, es war ja schon fast klar, dass Ronja wenig begeistert von den ihr auferlegten Pflichten sein würde. Ihre zukünftigen Stationsschwestern würde ihre helle Freude an diesem kleinen Sturkopf haben. „Ich wäre dafür, dass wir uns jeweils unsere Dienst- beziehungsweise Stundenpläne angucken und dann entscheiden, wer wann was machen kann. Dann wechseln wir uns ab mit einkaufen, vielleicht kannst du ja auch mal kochen, falls ich einen Spätdienst auf der Wache übernehmen müsste. Manchmal wäre mir geholfen, wenn du mit Lennox nachmittags mal die Hausaufgaben machen könntest oder mit Leonie ein bisschen auf den Spielplatz gehen würdest. Ich zeige dir, wie die Waschmaschine und der Trockner funktioniert, dann kannst du waschen, wenn nötig. Außerdem reagiert die Spülmaschine keinesfalls aggressiv, wenn sie mal von jemandem anderen ausgeräumt wird, als von mir. Und auch der Staubsauger ist eigentlich ein recht zugängliches Kerlchen, mit dem darf hier jeder mal saugen. Der Rest des Hauses freut sich sowieso immer, wenn es ordentlich und sauber gehalten wird." Ronja musste lachen, ihre Unlust und ihr eigentlicher Unwille waren fast völlig verflogen. „Also gut, du Irre, dann helfe ich halt mit. Wenn ich dem Haus und den dazugehörigen Haushaltsgeräten damit eine Freude machen kann. Gibt's jetzt heute trotzdem irgendetwas zu essen, oder muss ich wegen der zugeschlagenen Haustür und der Schuhe auf dem Sofa jetzt ohne Abendessen ins Bett?" Anja stieß sie fast von der Couch. „Nein, du dummes Huhn. Es gibt Frikadellen, Kartoffeln und Gemüse." Ronja verzog das Gesicht, sie hatte die Hoffnung, dass Anja die Frikadellen fertig gekauft hatte. Ansonsten sah sie sich nämlich schon im Geiste an der nächsten Dönerbude stehen. Aber um des lieben Friedens Willen und um ihren guten Willen zu zeigen begann sie, den Tisch zu decken. „Wie wars eigentlich an deinem ersten Tag?" Anja war Ronja in die Küche gefolgt. Ronja zählte gerade vier Gabeln und vier Messer aus der Besteckschublade. „Eigentlich ganz gut. Ich bin mal gespannt, wie die nächsten Woche werden. Für den Rest der Woche habe ich Schule, da bin ich immer so gegen drei wieder da. Also wenn ich was tun kann…..immer raus damit." Anja setzte sich an den Küchentisch. „Du wirst schon wieder ulkig meine liebe Noni. Aber du könntest tatsächlich etwas tun, sogar gleich morgen. Würdest du Lennox zum Fussball begleiten? Der weiß, wo und wann die Bahn fährt, nur alleine mag ich ihn noch nicht gehen lassen. Ich nehme Leonie mit zum einkaufen und habe dann einen Zahnarzttermin. Dann müsste ich mich nicht ganz so abhetzen." Gut, das klang ja wirklich nicht nach übermäßig anstrengender Arbeit, außerdem liebte Ronja ihren Neffen und ihre Nichte. Der Achtjährige und die Fünfjährige waren fast wie kleinere Geschwister für sie. „Klar, das mache ich gerne. So, ich wäre soweit.

Ich rufe die Zwiebel und den kleinen Ronaldo, dann kannst du deine kulinarischen Highlights auf den Tisch bringen." Dann flitzte sie aus der Küche, um dem Küchenhandtuch, das Anja nach ihr warf, zu entgehen.

Vier Wochen später hatte sich der Tagesablauf zwischen den beiden Schwestern einigermaßen eingespielt. Ronja hatte sich mittlerweile mit fast allen Haushaltsgeräten weitgehend angefreundet, einzig mit der Waschmaschine hatte sie noch so ihre liebe Not. Sie versuchte Anja immer noch klar zu machen, dass die Maschine einen eigenen Willen hatte und nur deshalb Anjas weiße Lieblingsbluse inzwischen rosa und drei Nummern zu klein war. Ronja traf da doch nun wirklich keine Schuld. Ansonsten lief es wirklich gut. Ronja fühlte sich in ihrer Klasse wohl, mit Frau Fink und ihren verrückten Schuhen hatte sie Frieden geschlossen. Sie war sogar jedes Mal immer gespannt, mit welchen Kreationen ihre Lehrerin wieder ums Eck kam. Ansonsten hatte sie zu fast allen ein freundschaftliches Verhältnis aufgebaut. Natascha, die neben ihr saß, war eine ähnlich Verrückte wie Lena, mit ihr konnte man gut lachen und Spaß haben. Der Typ, der Ronja schon am ersten Tag ins Auge gestochen war, hieß Nico. Er war 20 Jahre alt und kam aus Altenbach, ein Örtchen in der Nähe von Heidelberg. Er hatte hellbraune, kurze Haare, stechend blaue Augen, einen guten Körperbau und einen noch besseren Sinn für Humor.

Im Grunde genommen ein echter Sonnyboy und noch größerer Charmeur. Die ersten Tage hatten sie immer wieder über die Tische im Klassenraum hinweg geflirtet, in den Pausen standen sie zusammen und quatschten. Vor einer Woche waren sie dann gemeinsam in der Altstadt einen Kaffee trinken, und beim zurück laufen an die OEG hatte Nico sie in einer Nebengasse an sich gezogen und geküsst. Seitdem schwebte Ronja auf der berüchtigten Wolke sieben. Alles erschien ihr puderrosa, sie hätte am liebsten überall auf ihren Wegen Blütenblätter und Konfetti gestreut. Anja machte sich deswegen schon des Öfteren über sie lustig. So auch heute. Es war Freitag, Ronja hatte sich für den Abend das erste mal richtig groß mit Nico verabredet. Sie wollten zusammen was essen gehen und dann ins Kino. Am nächsten Tag wollte sie dann nach Hause zu ihren Eltern fahren. Sie vermisste sie immer noch sehr, aber durch die Arbeit, das viele Lernen und nicht am Schluss natürlich auch wegen Nico, kam sie mit der Sehnsucht ziemlich gut zurecht. Jetzt stand sie vor ihrem Teil des Kleiderschrankes, den Anja für sie leer geräumt hatte. Vorher hatten dort die Klamotten von Reiner seinen Platz, die waren ja aber mittlerweile mit samt ihrem Besitzer von der Bildfläche verschwunden.

„Na, kommt der edle Ritter heute mit dem Bus, der OEG oder vielleicht doch mit dem weißen Schimmel? Davon würde ich nämlich abhängig machen, was ich anziehe." Belustigt sah Anja ihrer kleinen Schwester zu, die ein Teil nach dem anderen erst aus dem Schrank holte, es an sich hob und dann kopfschüttelnd hinter sich aufs Bett warf. „Sehr hilfreich, danke." Ronja funkelte ihre Schwester an.

„Sag mir lieber, was ich anziehen soll. Das kann doch nicht soooo schwer sein. Hast du nicht noch irgendwo ein schönes Oberteil für mich bei dir im Schrank versteckt?" Sie legte den Kopf schief und sah ihre Schwester flehentlich an. Seit der Trennung von Reiner hatte sich Anja wieder zu einer lebenslustigen, sehr attraktiven Frau entwickelt. Sie hatte einiges an Gewicht verloren und trug die Haare halblang, in einem wunderschönen lila Ton. Sie schminkte sich wieder und strahlte eine große Zufriedenheit aus. Sie wirkte so jung, wie schon Jahre nicht mehr. Das zeigte sich auch an ihrem neuen Kleidungsstil. Etwas flippig, gerne auch mal bunter, wo es vorher nur ganz gedeckte Farben sein durften.

Noch vor einem halben Jahr hätte Ronja ihre älteste Schwester niemals gefragt, ob sie sich eventuell ein Oberteil von ihr leihen könnte.

Das, was Anja damals in ihrem Schrank beherbergte, passte laut Ronja eher in ein Gruselkabinett statt in den Alltag. Geschweige denn zum Ausgehen. Das hatte sich mittlerweile allerdings grundlegend geändert. Die gesamte Familie vermutete hinter Anjas großer Verwandlung natürlich einen Mann, aber so richtig beweisen konnte es ihr niemand. Sie war nur immer auffällig oft und lange spazieren, wenn sie zuhause bei ihren Eltern war, am liebsten alleine....

„Na dann komm, wir schauen mal, ob in meinem Fundus etwas für dich dabei ist."

Ronja folgte Anja in deren Ankleidezimmer. Eigentlich war es mehr ein Raum voller Schränke, vollgestopft mit allem, was man sonst überall in der Wohnung rumliegen hat. Anja hatte sich vier Schränke leergeräumt, den Inhalt in Kisten verpackt und in den Keller gebracht und hatte ihre ganzen Kleider, Hosen, Oberteile, Jacken und Schuhe in dem gewonnen Platz verteilt. Ein Stuhl und ein „stummer Diener" machten den Raum perfekt und somit war das „Ankleidezimmer" geboren. Jetzt standen die Beiden vor den weit geöffneten Schranktüren und Ronja starrte die Hosen und Oberteile an als wenn sie darauf warten würde, dass eines davon schrie „hier, nimm mich!"

„Super, jetzt bin ich völlig überfordert. Hilf mir doch mal, Mensch!" Anja schmunzelte belustigt. So nervös kannte sie ihre Schwester gar nicht, dieser Nico musste ja ein wirklich toller Hecht sein. „Ich wäre dafür." Sie griff eine Hose von einem Bügel und reckte sich, um ein Oberteil aus dem obersten Fach zu angeln. Beides hielt sie jetzt Ronja vor die Nase. Die guckte etwas skeptisch. „Ich weiß nicht, glaubst du echt, damit hau ich ihn um?" Sie legte die Stirn in Falten. „Ich dachte, ihr wolltet ins Kino. Wenn du ihn umhauen willst solltest du dir vielleicht lieber Sportsachen anziehen. Zieh das doch erst mal an, motzen kannst du danach immer noch." Ronja streckte ihrer Schwester die Zunge raus und verschwand mit den Sachen ins Bad gegenüber. Sie schlüpfte in die Jeans und das Oberteil, das Anja für sie rausgesucht hatte. Die Hose hatte links und rechts an den Beinen einen glitzernden Streifen an der Seitennaht, das Oberteil war schwarz und hatte einen weiten Ausschnitt mit kleinen Pailetten.
Es war ein klein wenig zu groß, fiel dadurch locker lässig über die Jeans und gab Ronja damit ein verrucht lässiges Aussehen. Schwarz war ja eigentlich eher nicht so ihr Ding, im Normalfall konnte es nicht bunt genug sein. Aber sie musste zugegeben, dass ihr dieses

Outfit wirklich hervorragend stand, zufrieden grinsend ging sie zurück zu Anja ins Ankleidezimmer. Die nickte anerkennend. „Du siehst spitze aus, da wird dein Nico aber nachher große Augen machen. Brauchst du vielleicht noch ein wenig Geld?" Anja sah ihre Schwester von der Seite an. Ronja hatte gerade erst begonnen zu lernen, richtig große Sprünge würde sie mit ihrem Ausbildungsgehalt nicht machen können. Von den 1000€, die sie von Tante Rosa und Onkel Karl zum Geburtstag bekommen hatte, war zwar noch einiges da, aber das wollte sie sich für etwas Besonderes aufheben. Eine kleine Reise vielleicht. Dementsprechend strahlte Ronja jetzt über alle verfügbaren Backen und fiel Anja dankbar um den Hals. „Du bist die Beste, das wäre super. Kriegst es auch irgendwann wieder zurück." Daran glaubte Anja allerdings nicht mal im Traum. „Ich werde ungefähr gegen Mitternacht wieder zuhause sein, nicht das du dir Sorgen machst, Schwesterherz." Ronja wusste, dass Anja wach bleiben würde bis sie wieder daheim war. Anja hatte ihren Eltern versprochen, auf ihre kleine Schwester aufzupassen, auch wenn Ronja mittlerweile ja eigentlich volljährig war. Aber Ronja genoss diese Fürsorge insgeheim sehr, und nutzte es bisher auch selten aus, dass sie eigentlich selbst über ihre Zeit bestimmen konnte. Sie lief ins Bad, um sich zu schminken. Oder wie ihr Vater jetzt sagen würde: „die Fassade renovieren." Noch während sie mit Pinsel und Schwämmchen hantierte klingelte es an der Tür. Sie hörte, wie Anja öffnete und gleich darauf die Stimme von Finja. „Ich war gerade in der Gegend und wollte mal schauen, was meine zwei Lieblingsschwestern so treiben." Anja lief vor in die Küche. „Kunststück das wir deine Lieblingsschwestern sind, du hast ja nur uns" murmelte sie. „Wo hast du Doro denn gelassen?" Anja sah Finja fragend an während sie anfing, das von Ronja verursachte Kleiderchaos wieder zu beseitigen. Doro war seit fast einem dreiviertel Jahr Finjas Freundin, die beiden waren sehr glücklich miteinander. „Die muss noch arbeiten, wir sehen uns erst nächste Woche wieder, sie ist zu einem Shooting nach Köln gefahren. Da ich aber morgen auch einen Dreh habe konnte ich sie nicht begleiten. Gibt's hier zufällig einen Kaffee für mich?" Doro arbeitete eigentlich als Nageldesignerin, war aber nebenbei „Friseurenmodel", und als solches ziemlich gefragt. Anja setzte gerade Kaffee auf da stürmte Ronja in die Küche. „Ui, was hast du denn vor? Gut siehst du aus!" Finja sah Ronja bewundernd an. Die war mittlerweile perfekt geschminkt, sah auf dem Kopf aber ein klein wenig so aus, als sei sie in einen Windkanal gekommen. „Gut, dass du da bist. Richtig gut sogar. HILFE!!!" Ronja streckte Finja mit verzweifeltem Blick die Haarbürste entgegen, die sie in der Hand hatte. „Bitte mach, dass meine Haare nicht aussehen wie ein totes Tier. Bitte, bitte, bitte!" Finja war gelernte Friseuse, machte aber zur Zeit eine Zusatzausbildung zur Visagistin und Maskenbildnerin. Sie musste lachen, als sie Ronjas hilfesuchenden Blick und die Sturmfrisur sah. Die blonden, schulterlangen Haare standen Ronja in alle Richtungen. Die Nervosität und Ungeduld mit der sie versucht hatte, sich eine einigermaßen vernünftige Frisur zu zaubern, hatte mehr Schaden angerichtet als geholfen. „Na dann komm mal her, solange der Kaffee durchläuft machen wir dich mal schick. Und du erzählst mir den Grund deines Frisurenfiaskos, einverstanden?" Ronja zog sich einen Stuhl herbei, und Finja begann, die Haare ihrer Schwester zu entwirren. Dann teilte sie es in verschiedene Segmente und flocht die Haare zu einem lockeren Bauernzopf. Sie holte aus dem Bad einen Eyeliner und betonte Ronjas Augen noch etwas kräftiger. Dann ließ sie sie in den Spiegel schauen. „Wow, oh mein Gott Finja, du bist eine echte Meisterin deines Faches. Ich hoffe, das hält den ganzen Abend, nur falls es etwas wilder werden sollte." Sie zwinkerte frech in die Runde. Anja und Finja schlugen sich fast zeitgleich die Hände vors Gesicht, das war zu viel Kopfkino für die beiden älteren Schwestern. Anja schenkte Kaffee in die Tassen, die bereits auf dem Tisch standen. „In welchen Film wollt ihr gehen, wisst ihr das schon?" Ronja rührte sich Zucker in ihren Kaffee. „Nico wollte in „Star Wars", mal gucken, ob ich mich dazu überwinden kann. Das ist ja eigentlich nicht so ganz meine Richtung. Aber was macht man nicht alles für den Mann, den man heiß findet?" Sie klimperte gespielt verführerisch mit den schwarz getuschten Wimpern. „Er holt mich übrigens gegen 18 Uhr ab, dann gehen wir ins „Hans im Glück", da gibt's die besten Burger. Danach ins Kino, vielleicht noch etwas trinken, dann komm ich wieder heim. Nana, kommst du morgen mit zu Mama und Paps?" Finja rührte in ihrem Kaffee. „Ja, ich denke schon. Doro ist ja eh nicht da, da könnte ich auch das Wochenende zuhause bleiben. Was macht die Lehre, Noni? Immer noch der Traumjob?" Ronjas Augen begannen zu strahlen. „Ich durfte mittlerweile schon insgesamt eine

Woche auf der Kinderstation mit helfen, um den Stationsablauf kennenzulernen. Und das ist wirklich super. Es macht Spaß mit den Kindern zu reden und ihnen helfen zu können, und bisher waren alle auch wirklich unglaublich nett. Gut, der theoretische Teil wird wohl noch ein hartes Stück Arbeit. Aber die drei Jahre werde ich schaffen, und dann habe ich bestimmt den schönsten Beruf der Welt. Wir müssen während der Ausbildung einzelne Stationen durchlaufen, am meisten freue ich mich auf die Säuglingsstation. Das Einzige, was glaube ich wirklich hart werden wird, wird der Einsatz auf der Onkologie. Davor habe ich den größten Respekt. Die nächsten zwei Monate ist aber sowieso vorrangig mehr Theorie angesagt. Sie wollen uns erst etwas Wissen anfüttern, bevor sie uns auf die Menschheit loslassen." Sie sah auf die Tür. „Ich werde mich jetzt mal so langsam auf den Weg machen, nicht dass mein Date unnötig in der Kälte auf mich warten muss." Es war mittlerweile Anfang Dezember und abends empfindlich kalt. Ronja zog sich ihre dicke Jacke mit dem Fellbesatz an der Kapuze an und wickelte sich einen wollenen Schal um den Hals. Dann schlüpfte sie in ihre kniehohen schwarzen Stiefel und drehte sich zum Abschluss noch mal prüfend im Spiegel. „Ja, du bist heute wieder die Schönste", lachte Anja. „Hau jetzt ab, es ist schon viertel vor sechs." Ronja warf ihren Schwestern noch eine Kusshand zu und verschwand wie ein geölter Blitz durch die Tür.

„Was hältst du von ihrem Rendezvous?" fragte Finja Anja, kaum das Ronja zur Tür draußen war. Anja dachte nach. „Ich kenne ihn ja nicht wirklich, nur das, was Ronja von ihm erzählt. Aber er scheint wohl ein ganz netter junger Mann zu sein. Ronja mag ihn sehr, um genau zu sein scheint sie völlig in ihn verschossen zu sein. Offenbar ist er auch ein ganz anderes Kaliber als Tim damals. Wir sollten einfach abwarten was passiert. Es wird nicht der Erste und nicht der Letzte sein, der ihr Herz erobert." Finja wiegte den Kopf hin und her. „Ich will nur nicht, dass sie verletzt oder verarscht wird, so wie ich damals von Mick."

An ihn dachte Finja nur sehr ungern, eigentlich wusste sie auch gar nicht, wie sie jetzt ausgerechnet auf ihn kam. Mick war ein ungepflegter und ungehobelter Zeitgenosse, ihren Eltern war er schon immer ein Dorn im Auge gewesen. Er war nicht sonderlich freundlich im Umgang mit ihnen und auch nicht wirklich mit ihr. Irgendwann merkte Finja, dass er mehr trank, als er eigentlich vertrug. Und als sie ihn daraufhin ansprach konnte sie danach eine Woche lang nicht ohne Sonnenbrille das Haus verlassen. Sie war fast drei Jahre lang wie gefangen in dieser Beziehung, bis sie vor über einem Jahr endlich den Absprung geschafft hatte. Danach hatte sie von Männern erst mal gewaltig die Schnauze voll gehabt. Erst als Doro ihr dann über den Weg lief und ihr zeigte, wie schön Liebe wirklich sein kann fing sie an sich wieder mehr zu öffnen. Mit ihr konnte sie sie selbst sein, und seit sie sich vor ein paar Wochen ihrer Familie geoutet hatte war sie fast der glücklichste Mensch der Welt. Anja unterbrach ihren Gedankenwust. „Also bitte, dein Mick war ein ausgemachter Idiot. Ich glaube nicht, dass sich unsere Noni so verkaspern lässt. Gucken wir mal, was draus wird…

„Hm, das war lecker. Ich bin pappsatt." Ronja saß Nico gegenüber im „Hans im Glück" und rieb sich den Bauch. Nico sah sie strahlend an. Er konnte es kaum glauben, dass er mit dem schönsten Mädchen der Klasse hier saß und Burger futterte. Sie sah traumhaft aus, er hatte sich vorhin an der OEG einen anerkennenden Pfiff nicht verkneifen können. Seine Augen hatten gestrahlt, als sie ihm über die Straße hinweg zuwinkte und gemeinsam hatten sie sich auf den Weg in die Altstadt gemacht. Nach dem wirklich guten Essen hatten sie noch eine Cola zusammen getrunken und dann bezahlt. Der Film würde in einer Stunde beginnen, sie wollten in die Spätvorstellung gehen und vorher noch ein wenig durch die Gassen bummeln. Nico half Ronja in ihre Jacke und hielt ihr die Tür beim Rausgehen auf. „Oh, ein Kavalier der alten Schule. So gefällt mir das." Sie grinste ihn verschmitzt an. Draußen vor der Tür schaute er ihr tief in die Augen. Ronjas Herz schlug ihr bis zum Hals. „Du weißt schon, dass du verdammt süß bist, oder?" Nicos Stimme klang ein wenig heiser. Ronja kicherte leise. „Nun ja, das höre ich öfter. Aber von dir klingt es ganz besonders schön." Er hielt sie fest im Arm. „Frierst du etwa?" Ronja zitterte leicht, aber sie war sich nicht sicher, ob das wirklich an der Kälte lag. „Warte, ich kümmere mich darum, dass dir warm wird." Nico umarmte sie noch ein bisschen fester, seine Lippen berührten ganz sanft und leicht ihren Mund. Ronja wagte kaum zu atmen. Dann erwiderte sie seinen sanften Kuss und vergaß fast die Welt um sich herum. Bis jemand pfiff und rief „He, sucht euch doch ein Zimmer!" Verlegen lösten sie sich wieder voneinander und liefen albernd kichernd Richtung „Gloria Kino". Dort liefen fast überwiegend alte Filme. Nico hatte sich, eigentlich völlig „Männer-untypisch" gegen „Star Wars" entschieden und „Anni Felici-Barfuß durchs Leben" ausgewählt. Ronja war beeindruckt. Sie hatte selten Freunde in ihrem Alter gehabt, die kulturell interessiert waren. Mit Nico würde es mit Sicherheit nicht langweilig werden, Gesprächsstoff hatten sie bestimmt genügend. Zwei Stunden später standen sie wieder vorm Eingang des Kinos, Hand in Hand und schauten sich an. „Wie fandest du den Film?" Nico sah Ronja fragend an. Die überlegte. „Eigentlich gar nicht schlecht, im Grunde genommen war das so ein bisschen wie bei meiner Schwester Finja. Als alle Männer anfingen zu nerven, hat sie sich mit einer Frau eingelassen und ist mittlerweile richtig glücklich." Ronja sah Nico an. Es war das erste Mal, dass sie die Homosexualität ihrer Schwester einem Fremden gegenüber erwähnte. Sie hatte bisher immer so ein klein wenig Angst vor den Reaktionen anderer gehabt. So Sprüche wie vielleicht „boah, das ist ja geil, deine Schwester ist ne Lesbe!" hätte sie nur schwer ertragen und bestimmt hätte es da das ein oder andere blaue Auge gegeben. Nico sah sie an und meinte nur „finde ich spitze, wenn man dazu steht, was man fühlt. Das macht das

Leben doch gleich viel einfacher. Und die Hauptsache ist doch, dass SIE glücklich ist." Ronja merkte, dass die Schmetterlinge in ihrem Bauch sich gerade in der Anzahl verdoppelten und offenbar Sirtaki tanzten. Sie waren mittlerweile ein paar Schritte gegangen. Jetzt blieb sie vor ihm stehen, nahm sein Gesicht in ihre Hände und küsste ihn. Erst zart und liebevoll, dann immer leidenschaftlicher. Abrupt hörte sie auf, als sie merkte, dass das, was sie da gerade tat, ziemlich gefährlich für den Rest des Abends werden könnte. Also ließ sie Nico wieder los und nahm ein wenig mehr Abstand.

„He, warum hörst du auf?" fragte Nico leicht atemlos. Ronja sah ihm direkt in die Augen, ihr Herz klopfte wie ein aufgeregter Specht. „Ich habe Angst, dass ich mich gleich nicht mehr beherrschen kann und hier auf der Straße über dich herfalle. Ich wäre dafür, irgendwo noch etwas trinken zu gehen." Sie hakte sich bei ihm unter und gemeinsam liefen sie Richtung „Bens Burger Bar". Dort gab es super leckere Cocktails, damit wollte sie den Abend entspannt ausklingen lassen. Es war mittlerweile fast elf Uhr Abends, also noch früh genug, um sich entspannt irgendwo hinzusetzen und sich gepflegt zu unterhalten. Ja, sie hätte Nico eigentlich jetzt viel lieber ganz nah bei sich gespürt, aber dafür wollte sie sich Zeit nehmen. Auch wenn sie vom Grund her eher chaotisch war, in Liebesdingen wollte sie lieber nichts überstürzen. Mit Tim war sie damals ziemlich schnell im Bett gelandet und wo das hingeführt hatte, hatte man ja gesehen. Auch wenn Nico bestimmt ganz anders war und jetzt auch immer noch sehr enttäuscht guckte. „Nicht böse sein", sagte sie deshalb, „ich bin nun mal keine Frau für eine Nacht. Und wir kennen uns ja auch erst seit vier Wochen. Und ich möchte unser erstes Mal genießen, ohne Stress oder so zwischen Tür und Angel. Ich hoffe, du verstehst mich." Nico sah sie ziemlich verliebt an. Beide hatten in der Zwischenzeit einen Gin Cocktail vor sich stehen, saßen sich gegenüber und schauten sich tief in die Augen. „Natürlich versteh ich dich, ich will das ja auch nicht. Also, doch, eigentlich natürlich schon", er lachte verschmitzt, „aber ich sehe ein, dass wir uns Zeit lassen sollten. Erzähl mir ein bisschen was von deiner Familie." Ronja holte Luft, da gab es ja doch so einiges zu berichten. Und sie wollte auch gerne ein bisschen mehr über Nico erfahren. Was hatte er für Hobbys, hatte er Geschwister, was er für ein Verhältnis hatte er zu seinen Eltern und so weiter. Es wurde noch ein wirklich wunderschöner

Abend und gegen halb eins lief Nico mit Ronja zurück zu ihrer Bahn. Ganz Gentlemanlike fuhr er mit ihr bis zu ihrer Haltestelle in Dossenheim und begleitete sie sogar noch bis zu Anjas Haustür. „Danke für den wunderschönen Abend." Ronja nahm Nico fest in die Arme. Dann legte sie ihre Lippen sanft auf seine und verabschiedete sich mit einem langen, liebevollen Kuss. Nur ungern löste sie sich danach aus seinen Armen. „Wow, du schaffst mich wirklich. Wenn du so weitermachst, kann ich für nichts mehr garantieren." Nico atmete tief durch. Ronja lächelte ihn an. „Schreiben wir übers Wochenende mal? Ich fahre heim zu meinen Eltern und komme erst am Sonntag spät wieder." Nico sah sie traurig an. „Vielleicht könnten wir ja auch mal skypen, wenn du ein wenig Zeit hast. Ich vermisse dich ja jetzt schon." Nico machte Hundeaugen, Ronja musste leise lachen. Spätestens am Montag hast du mich ja wieder. Was treibst du am Wochenende?" Nico steckte seine Hände in die Jackentasche und zog den Kopf zwischen die Schultern. Es war inzwischen ziemlich kalt geworden, bestimmt würde es bald anfangen zu schneien. „Mal sehen, vielleicht gehe ich mit meinem kleinen Bruder auf den Fußballplatz. Und mein Vater wollte noch irgendetwas an seinem Gewächshaus reparieren. Wahrscheinlich muss ich da mit ran. Vergiss mich nicht bis Montag, ich habe mich nämlich, glaube ich, ziemlich verliebt in dich." Er sah sie fast schon verlegen an. Ronja gab ihm noch einen schnellen Kuss und flüsterte „wie könnte ich dich vergessen?" dann schlüpfte sie durch die Haustür, schloss sie hinter sich und lehnte sich leicht atemlos dagegen. Sie fühlte sich leicht und beschwingt, fast hätte sie angefangen zu singen. „Na, das sieht aber nach einem sehr erfolgreichen und schönen Abend aus." Anja lehnte am Küchentür-Rahmen. „So grenzdebil, wie du lächelst muss er dir ja die Sterne vom Himmel geholt haben." Ronja tänzelte in Anjas Richtung. „Ja, so ähnlich. Auf alle Fälle wars richtig toll. Wir haben uns super unterhalten, der Film war schön, das Essen war spitze und mit ihm kann man sich prima unterhalten. Ich habe selten so gelacht, der hat echt einen tollen Humor. Und er sah fantastisch aus heute Abend, also eigentlich sonst auch, aber heute Abend besonders, und er roch himmlisch. Und er war so charmant und aufmerksam, wenn der dich anguckt schwebst du wirklich auf Wolken und….". „Ja, ich hab´s verstanden, es war also ECHT TOLL!" Anja musste lachen. Ich unterbreche dich hier aber besser mal, ich weiß nämlich nicht, wer hier gleich den ganzen rosa glitzernden Sternenstaub wieder aufputzt, den du hier gerade so großzügig verteilst. Ich stelle also fest, du bist hochgradig verliebt. Wie geht das jetzt weiter mit euch beiden?" Sie verschränkte die Arme vor ihrem Pyjama-Oberteil und wartete gespannt auf Ronjas Antwort. Ronja holte sich ein Glas aus dem Küchenschrank und schenkte sich Wasser ein. Sie nahm einen großen Schluck und überlegte dann. „Mal sehen, ich kann es ja eigentlich kaum erwarten ihn wiederzusehen. Aber ich will auch nichts überstürzen, auch wenn ich ihm heute Abend am liebsten die Kleider vom Leib gerissen hätte." Sie errötete leicht. „Mal gucken, wie sich das noch so entwickelt. Wir sehen uns ja fast täglich, außer wenn wir auf den Stationen eingesetzt sind. Und ich fühle mich einfach in seiner Gegenwart unheimlich wohl. Bis jetzt möchte ich natürlich noch nicht von der ganz großen Liebe reden, aber ich denke mal, es könnte sich etwas wirklich ganz Schönes daraus entwickeln." Sie starrte verträumt Löcher in die Luft. Anja schmunzelte, überlegte kurz und fragte dann „Um die Verhütung muss ich mir aber jetzt keine Sorgen machen, oder?" Sie zwinkerte in Ronjas Richtung. Die lief schon wieder leicht rosa an. „Nein, brauchst du nicht, ich hab das schon alles im Griff. Keine Angst, ich hatte nicht vor, dich in absehbarer Zeit zur Tante zu machen. Ich geh jetzt ins Bett, wann fahren wir morgen heim?" Anja schaute auf die „Mickey Maus" Küchenuhr an der Wand. Reiner hatte dieses Ding immer gehasst. Ihm, dem hausgemachten Spießer und Langweiler, war die mit ihren sich bewegenden Maus-Armen und Wackelohren immer viel zu kindisch und kitschig gewesen. Die Kinder liebten sie aber und auch Anja fand die Uhr jetzt bei weitem nicht so schlimm wie ihr Mann. Sie war aber über den Verlauf ihrer Ehe die letzten Jahre zu einer Art Synonym geworden. Reiner fand vom Prinzip her alles Mist, was andere gut oder sogar schön fanden. Ewige Negation und ständig miese Laune waren die Folgen davon. Die letzten Wochen hatte sich Anja oft gefragt, wie sie das eigentlich so lange ertragen hatte. Und dann kam ihr schlagartig etwas anderes in den Sinn. Etwas, was ihr Leben in letzter Zeit ziemlich bunt und aufregend hatte werden lassen. Sie musste unwillkürlich lächeln, wenn sie daran dachte. Den Grund dafür wollte sie aber gerne für sich behalten. „Ich dachte, so gegen halb zehn. Schaffst du das, oder braucht dein Astralkörper etwas länger Ruhe nach so einem rosaroten Abend?" Ronja kniff die Augen zusammen. „Du wirst sehen, ich bin morgen früh um halb acht topfit. Wahrscheinlich noch vor dir." Sie grinste selbstgefällig. „Also dann, gute Nacht Schwesterherz, und danke fürs auf mich warten." Ronja warf Anja eine Kusshand zu und schlich leise summend in ihr Zimmer. Anja löschte noch überall das Licht und zog sich dann, gedankenversunken, in ihr Schlafzimmer zurück.

Mathilde hatte gerade Kaffee aufgesetzt, Georg rumorte oben im Bad. Es war gerade mal halb acht, aber heute wollten ihre Töchter heim kommen und Mathilda freute sich schon riesig. Sie wollte noch schnell einen Kuchen backen und hatte sich für heute Abend beim Metzger ihres Vertrauens eine schöne Lende herrichten lassen. Es wurde in den letzten Wochen, seit Ronja unter der Woche bei Anja war, zu einer lieben Gewohnheit. Wenn die Kinder am Wochenende zuhause waren wurde das zelebriert. Oft waren auch Finja und Doro mit dabei, manchmal auch nur Finja alleine. Je nachdem, wie beide an den

Wochenenden zu tun hatten. Am nächsten Wochenende hatte Georg Geburtstag, da würden sie alle erscheinen, darauf freute sich Mathilda schon sehr. Sie liebte es, ihre ganze Familie um sich zu haben. Je nach Wetterlage wollten vielleicht auch Rosa und Karl, ihre Schwägerin und ihr Schwager kommen. Sie lebten in der Schweiz und dort lag jetzt im Dezember natürlich schon ziemlich viel Schnee. Hier in Wald-Michelbach waren sie bisher noch ganz gut weggekommen. Es war zwar bitterkalt, aber von Schnee war weit und breit nichts zu sehen. Mathilda störte das nicht. Schnee bedeutete auch immer wieder ihre Angst, hinzufallen. Und sie machte sich jedes mal Sorgen um Georg, wenn es stark geschneit hatte. Er ging dann immer schon frühmorgens raus und schippte die schweren Schneemassen vom Grundstück. Da seine Schmerzen in den letzten Wochen stark zugenommen hatten, war das das Letzte, was sie gerade gebrauchen konnten. Mathilda hatte ihren Mann nach einigen Diskussionen dann endlich dazu bewegen können zu Dr. Schirmacher zu gehen. Der hatte Blut genommen und ihm eine Überweisung ins MRT in die Hand gedrückt. Er wollte abgeklärt haben, woher die starken Rückenschmerzen bei Georg kamen. Mittlerweile war es manchmal so schlimm, das er kaum noch die Beine bewegen konnte. Der MRT Termin war nächste Woche, drei Tage vor Georgs Geburtstag. Und noch während sie ihre Gedanken schweifen ließ und dabei, mehr so nebenbei, den Frühstückstisch deckte, klingelte es an der Tür. Mathilda schreckte hoch. Wer konnte das sein, so dermaßen früh am morgen? Ihr Herz klopfte, hoffentlich war keiner ihrer Töchter etwas passiert, sofort schossen ihr sämtliche Horrorszenarien von Unfällen durch den Kopf. Sie musste sich fast schon zwingen zur Haustür zu gehen. Ganz langsam öffnete sie und lugte durch einen kleinen Spalt hinaus auf die Straße. Sie war sich fast sicher dort Menschen in Uniform vorzufinden. Aber durch den kleinen Spalt konnte sie überhaupt nichts erkennen, sie musste gezwungenermaßen die Tür ein gutes Stück weiter öffnen. Vor ihr stand Greta! Sie hatten sich seit Wochen mittlerweile nicht mehr gesehen, Mathilda war ihr, so gut es ging, völlig aus dem Weg gegangen. Seit dem Vorfall an Ronjas 18. Geburtstag hatten sie kein Wort mehr miteinander gewechselt. Greta hatte damals unmöglich reagiert, als sie von Finjas Homosexualität erfahren hatte. Mathilda war wie vor den Kopf geschlagen gewesen. Greta war ihre längste und beste

Freundin gewesen, niemals hätte sie erwartet, dass gerade diese dann so intolerant und gemein reagiert. Seit dem Eklat und dem wortlosen Abgang von Greta an der Geburtstagsfeier herrschte also zwischen den beiden absolute Funkstille. Und jetzt stand sie hier vor der Tür. An einem eiskalten Dezembertag, morgens um nach halb acht. „Was willst du?" Mathildas Begrüßung war wie dieser Morgen, kalt und ungemütlich. Ihr ganzer Körper war angespannt. Sie sah Greta an. Die letzten Wochen schien sie um Jahre gealtert zu sein. Sie hatte tiefe Ringe unter den Augen, der Pullover hing an ihr wie ein Sack und die Haare standen wirr in alle Richtungen, den Oberkörper hatte sie leicht nach vorne gebeugt, die Arme eng um den Körper geschlungen. Sie trug keine Jacke, dementsprechend schlotterte sie leicht und man hörte leise ihre Zähne klappern. Bei dem seltsamen Anblick bekam Mathilda fast schon wieder ein wenig Mitleid, beschloss aber, das vorerst nicht allzu deutlich zu zeigen.

„Mia, kann ich bitte reinkommen?? Ich muss so dringend mit dir sprechen, ich halte diese Situation kaum noch aus. Ich weiß, ich habe damals einen Fehler gemacht, aber bitte lass mich dir erklären, warum ich so reagiert habe. BITTE!!" Greta schaute Mathilda fast flehend an. Die schnaufte ergeben. „Von mir aus, dann komm halt rein. Aber ich habe nicht viel Zeit, die Kinder kommen heute." Sie schloss die Haustür und folgte Greta, die ins Esszimmer geschlichen war und sich nun an der geschwungen Lehne eines Stuhles festhielt. Sie sah aus, als könnte sie jeden Moment umkippen. Mathilda war hin- und hergerissen. Vor ihr stand ihre älteste und liebste Freundin, was hatten sie beide nicht schon miteinander erlebt und durchgemacht. Greta hatte noch nie ein einfaches Leben. Kurz nach der Wende kam sie rüber in den Westen, lernte hier ziemlich schnell ihren späteren Ehemann kennen. Sie sprach nicht oft über die Zeit in der ehemaligen DDR und wenn, dann nur Belangloses. Mathilda hatte jedes mal das Gefühl gehabt, dass da irgendetwas war, was ihre Freundin belastete, sie hatte sich aber nie getraut näher nachzufragen. Bei dem Thema schaltete Greta völlig ab. Ihr Ehemann Heinz entwickelte sich über die Jahre zu einem richtigen Tyrann. Er begann zu trinken, wurde arbeitslos und fing irgendwann an, seinen ganzen Frust an Greta auszulassen. Wie oft saß sie bei Mathilda in der Küche und weinte und wie oft hatte sie wieder irgendwo blaue Flecken, die sie notdürftig zu verdecken versuchte. Die Ehe war kinderlos geblieben, keiner wusste, woran es lag. Aber natürlich fing Heinz irgendwann an, Greta die Schuld daran zu geben. Er verdächtigte sie, Affären zu haben und spionierte ihr regelmäßig hinterher. Greta sagte immer „das ist wie früher, da durfte man auch keinen Schritt alleine machen, da stand man auch immer unter Beobachtung." Und je mehr Heinz zu spinnen begann umso mehr kapselte sich Greta von ihm ab. Wenn auch nur innerlich. Sie war immer öfter drüben bei Mathilda, wurde für die drei Mädchen eine Art „Ersatzmutter". Wenn Mathilda Termine hatte, zu denen sie die Kinder nicht mitnehmen konnte, war es nie eine Frage gewesen, wo sie sie unterbringen konnte. Greta war immer da, sie freute sich, wenn sie Zeit mit den fröhlichen, herzlichen kleinen Wesen verbringen durfte. Dann blühte sie auf, im Umgang mit ihnen wurde sie weich und nachgiebig. Oft hörte man Heinz dann Abends brüllen „waren die Gören schon wieder da? Hier sieht´s aus wie bei Hempels unterm Sofa. Sich um fremde Bratzen kümmern aber keine Zeit, den Dreck aufzuräumen. Das hat bald ein Ende, das sag ich dir Frollein." Aber Greta ließ sich den Umgang mit Mathilda und ihrer Familie nicht verbieten. Als Heinz völlig überraschend vor zehn Jahren an einem Herzinfarkt verstorben war, krempelte sie das ganze Haus um und begann ab da, wieder mehr an sich zu denken. Sie wurde wieder fröhlicher und ausgeglichener und über die Jahre hinweg ein fester Bestandteil der Familie Blomen.

Als sie nun so verloren vor Mathilda stand, tat sie ihr schon fast wieder leid. „Setz dich, Greta. Diese Rumsteherei kann ich nicht leiden. Kaffee?" Greta schaute Mathilda kleinlaut an. „Sehr gerne, danke." Dann zog sie sich den Stuhl zurecht und setzte sich lautlos und vorsichtig hin, als hätte sie Angst, etwas kaputt zu machen. Mathilda kam mit zwei Tassen Kaffee wieder und setzte sich an das andere Ende des Tisches. Unbewusst schaffte sie somit zunächst noch ein klein wenig Distanz. Sie blickte Greta erwartungsvoll an, die konnte ihr allerdings kaum in die Augen schauen. Sie rührte hilflos in ihrer Tasse und zuckte erschrocken zusammen, als Mathilda ziemlich unwirsch sagte „also, was willst du?" Greta holte tief Luft. „Ich bin dir, glaube ich, eine Erklärung schuldig. Aber als Allererstes will ich dir sagen, dass es mir von ganzem Herzen leid tut, wie ich im Oktober reagiert habe. Ich weiß, du hättest von mir etwas ganz anderes erwartet. Aber ich hoffe, wenn ich dir erklärt habe,

WARUM ich so reagiert habe, dass du mich dann ein wenig näher verstehst. Es gibt da einen, nennen wir es mal „dunklen Punkt" in meinen Leben, von dem du noch nichts weißt. Ich weiß auch noch nicht genau, wie ich anfangen soll, es könnte sein, dass das alles zwischendurch etwas verworren und seltsam klingt, aber"……. „Jesses Greta, komm zum Punkt, dein Gestottere ist ja kaum auszuhalten!" Mathilda war genervt, sie verstand dieses drumherum Gerede gerade überhaupt nicht. Erschrocken bemerkte sie aber dann, dass Greta leise anfing, zu weinen. „Ok, erzähl einfach, ich höre zu, versprochen." Verkrampft lächelte Mathilda in Gretas Richtung. Die sah hoch, wischte sich die Tränen aus den Augenwinkeln und holte tief Luft. „Ich hatte mich so aufgeregt über Finjas Outing, weil ich selbst schon mal fast in der gleichen Situation war. Und das nahm überhaupt kein gutes Ende."

Mathilda riss die Augen auf. „Greta, was redest du denn da??" Greta hatte die Augen niedergeschlagen und wurde ganz leise. „Unterbrich mich bitte nicht, es ist schwer genug darüber zu reden." Mathilda setzte sich aufrecht hin und signalisierte Greta, dass sie weiter reden solle. „Ich war gerade mal 16 Jahre alt und mitten in der schönsten

Pupertät. Wir waren damals mit der „FDJ" auf einer Sportveranstaltung. Ich war begeisterte Radlerin und nahm zu der Zeit auch an einigen Wettkämpfen teil. Bei einem dieser Wettkämpfe lernte ich Erika kennen. Sie war drei Jahre älter als ich und trainierte im Ruderverein. Wir stellten fest, dass wir nur einige Kilometer voneinander entfernt wohnten und trafen uns ab da öfter zum gemeinsamen trainieren, wandern oder auch mal ein Eis essen. Erika suchte immer mehr die körperliche Nähe zu mir. Wenn wir zusammen waren fasste sie mich immer irgendwo wie zufällig an. Mal strich sie mir über den Rücken, über die Hände, über die Haare, legte ihren Arm um mich oder gab mir Küsschen auf die Wange. Und ich muss zugeben, ich genoss diese kleinen Berührungen sehr. Ich hatte vorher schon einen Freund gehabt, den Klaus. Mit dem war ich auch im Bett gewesen, aber so richtig Spaß hatte mir das nicht gebracht. Aber da dachte ich noch, dass wäre normal und so würde sich das ab jetzt immer anfühlen, wenn man mit einem Mann Sex hat. Erika und ich trafen uns fast täglich. Eines Tages, an einem wunderschönen Tag im Juli, gingen wir nebeneinander an einem See in einem Waldstück spazieren. Erika hatte meine Hand genommen. Am Anfang war es mir noch etwas unangenehm, ich dachte immer „was, wenn uns jetzt einer sieht?" Aber mit der Zeit entspannte ich mich. Dann blieb Erika mit einem Mal stehen und stellte sich ganz nah vor mich. Wir sahen uns minutenlang einfach nur tief in die Augen, dann fuhr sie mir sanft mit ihrer Hand über die Wangen. Und dann küsste sie mich. Ich war erst völlig verstört und stieß sie von mir. Aber sie hielt mich fest im Arm, strich mir übers Haar und sagte leise zu mir „Greta, ich finde dich total süß. Wenn ich dich sehe kribbelt es in meinem Bauch und mein Herz rast. Ich glaube, ich habe ich total in dich verknallt." Weißt du Mia, ich wusste überhaupt nicht, wie ich reagieren sollte. Ich fühlte mich schon sehr zu Erika hingezogen und genoss ihre Zärtlichkeiten. Aber ich, eine Lesbe? Eigentlich stand ich doch auf Männer, wobei das mit Klaus ja nun wirklich nicht der Brüller war. Ich begann, nachzudenken, während Erika mich weiter fest im Arm hielt. Sie meinte „Lass uns doch mal probieren, was draus wird. Ich will mehr von dir...." Damals war aber eine gleichgeschlechtliche Liebe in der DDR noch strafbar, man musste arg aufpassen, sich nicht erwischen zu lassen. Auch wenn es bestimmt bei uns mehr Schwule und Lesben gab als damals bei euch. Erika und ich waren von da an quasi ein Paar. Wenn wir alleine waren ließen wir unseren Gefühlen freien Lauf, in der Öffentlichkeit hielten wir uns ziemlich zurück. Bis auf diesen einen Tag im September......." Greta nahm einen Schluck von ihrem inzwischen kalt gewordenen Kaffee, die Tasse hatte sie in der ganzen Zeit ständig hin und her gedreht. Mathilda wagte kaum Luft zu holen. Sie konnte beinahe glauben, was ihre langjährige Freundin ihr da gerade erzählte. Sie schenkte ihr ungefragt nochmal Kaffee nach, Greta schaute sie erneut dankbar an. Dann erzählte sie weiter. „Wir waren wieder mal an unsrem See mit unseren Fahrrädern. Wir hatten eine große Tour hinter uns und verschwitzt wie wir waren, haben wir uns splitterfasernackt ausgezogen und sind ein paar Runden schwimmen gegangen. Natürlich wurde daraus mehr, wir waren jung, wir waren verliebt und wir konnten kaum die Finger voneinander lassen. An diesem Tag aber wurden wir beobachtet. Ein Nachbarsjunge aus dem Ort, aus dem ich kam, hat uns gesehen und alles noch am gleichen Tag brühwarm meinen Eltern erzählt. Du kannst dir gar nicht vorstellen, was dann bei uns zuhause los war. Meine Mutter hat nur noch geweint, mein Vater nur geschrien und beide haben immer wieder betont, wie enttäuscht sie doch von mir seien. Und das das alles natürlich sofort und auf der Stelle ein Ende haben müsste. Ich dürfe Erika nie wieder sehen, dafür würden sie schon sorgen. Meine Eltern waren damals der Meinung, eine Frau zu lieben wäre krank, am liebsten hätten sie mich in eine Anstalt eingewiesen. Meine Mutter war total verzweifelt, sie fürchtete sich vor der Schande, die ich damit über ihr Haus gebracht hätte und was wohl die Nachbarn dazu sagen würden. Unser Dorf war klein und dank des neugierigen Nachbarsjungen würde es bald wirklich jeder wissen mit wem und womit sich die liederliche Tochter des Gemeindevorstehers die Zeit vertrieb. Das war mein Vater nämlich und somit ein angesehenes Mitglied der Gemeinde. Ich war also gerade dabei, seinen Ruf völlig zu zerstören. Ich wurde auf mein Zimmer geschickt und hörte meine Eltern noch bis weit in die Nacht schreien, heulen und zetern. Am nächsten Morgen hatten beide einen folgenschweren Entschluss gefasst. Ich sollte zu meinem Onkel nach Budapest ziehen, dort könnte ich eine Ausbildung machen und wäre weg vom Schuss. Und sie hätten mit einem Arzt aus dem Ort gesprochen, der gemeint hätte, man sollte am besten von vorne herein unterbinden, dass diese „Abartigkeit", Frauen zu lieben, vielleicht sogar noch weiter vererbt wird. Also wurde kurzerhand beschlossen, mir meine Gebärmutter zu entfernen. Da ich erst 16 war und damals tatsächlich glaubte, die Erwachsenen und das gesamte Regime hätten Recht, habe ich allem zugestimmt und wurde eine Woche später schon operiert. Ich kam mir mittlerweile schon vor, als wäre ich vom Teufel besessen, so sehr hatte man auf mich eingeredet und mir weisgemacht, wie krank und gestört das doch alles sei. Ich war ja im Endeffekt nur froh, dass man uns nicht gleich einen Exorzisten schickte. Dabei war lesbisch oder schwul sein in der DDR weit verbreitet, man durfte halt nur nicht so blöd sein wie ich und sich erwischen lassen. Zwangssterilisation gab es ganz früher in der DDR ja auch tatsächlich. Also ging ich davon aus, das meine Eltern und der Arzt absolut im Recht waren. Ich wurde eine Woche nach der OP zu meinem Onkel nach Budapest geschickt und blieb dort, bis ich 18 war. Als die Mauer fiel bin ich ziemlich schnell rüber in den Westen, habe Heinz kennengelernt und gemeinsam sind wir hierher gezogen. Den Rest kennst du ja. Mit meinen Eltern hatte ich noch während meiner Zeit in Budapest so gut wie keinen Kontakt mehr. Mein Vater ist noch vor dem Mauerfall gestorben. Meine Mutter lebt jetzt in einem Altersheim in Dresden. Gesehen habe ich sie aber schon fast zwanzig Jahre nicht mehr. Heinz habe ich von all dem nie etwas erzählt, er gab mir so oder so immer die Schuld an unserer Kinderlosigkeit. Wenn er gewusst hätte, wie Recht er damit hatte......

Als du mir dann erzählt hast, dass Finja eine Freundin hat, hatte ich irgendwie auf einmal totale Angst, fast schon Panik. Alles kam wieder hoch, ich sah vor meinem geistigen Auge, wie sie mit Schimpf und Schande durch Wald-Michelbach gejagt wird, wie sie Demütigungen und Schmach ertragen muss. Und ich hatte das Gefühl, ich müsse ihr das alles ersparen. Erst Tage später wurde mir klar, dass das völliger, absurder und hirnloser Quatsch war. Das heute so vieles anders und besser ist als damals, dass IHR so sehr hinter euren Töchtern steht und Finja perfekt ist, genauso wie sie ist. Und du hast mir so gefehlt die letzten Wochen!"

Greta atmete tief durch und wischte sich mit dem Ärmel über die Augen. Mathilda räusperte sich und putzte sich die Nase.

Sie war schockiert über die Geschichte ihrer Freundin und gleichzeitig fast unglaublich erleichtert. Sie hatte sich all die Jahre DOCH nicht getäuscht. Greta war kein schlechter Mensch und natürlich weder intolerant noch verständnislos. Sie hatte einfach nur etwas unfassbar schlimmes erlebt. Mathilda stand auf, fast zeitgleich mit Greta und nur Sekunden später lagen sich die Freundinnen weinend in den Armen. Georg stand schon eine ganze Weile im Türrahmen. Er hatte das Gefühl gehabt die beiden Frauen nicht stören zu wollen. Jetzt gesellte er sich dazu. Greta saß mittlerweile wieder auf ihrem Stuhl, Mathilda war in die Küche gegangen um frischen Kaffee zu holen. „Hallo Schorsch. Es tut mir leid." Greta schlug die Augen nieder. „Da muss dir gar nix leid tun. Schön, das du da bist." Georg war durch und durch ein Mann, mehr Worte fielen ihm gerade nicht ein und mehr war auch gar nicht nötig. Mathilda kam mit einer Kanne zurück und stellte sie auf den Tisch. „Die Mädels kommen gleich. Willst du nicht mit uns zusammen frühstücken?" Mathilda lächelte Greta aufmunternd an. „Ich weiß nicht, glaubst du, Finja ist erfreut, mich zu sehen?" Sie schlug die Hände vors Gesicht, ihr war das Ganze weiterhin schrecklich peinlich und unangenehm. „Das lass mal meine Sorge sein. ICH bin auf alle Fälle froh, dass du hier bist."

„Hmmmm, Kaffee……" Ronja schnüffelte mit geschlossenen Augen, wie ein junger Hund, der Witterung aufgenommen hatte. Als sie die Augen aufschlug stand Anja vor ihr und wedelte mit einer dampfenden Kaffeetasse. „Eigentlich hätte ich es mir ja denken können." Sie schnaubte durch die Nase, während Ronja sich aufsetzte und dankbar nach dem Kaffee griff. „Was gibt´s zu motzen am frühen Morgen? Schlecht geschlafen?" Ronja pustete in die Tasse und grinste. „Ich habe ausgezeichnet geschlafen und jetzt freue ich mich auf Mama, Papa und Frühstück." Anja setzte sich auf die Bettkante. „Oh, geschlafen habe ich auch wunderbar, nur leider etwas kürzer als unsere kleine Prinzessin auf der Erbse. Während du nämlich noch selig die Federn vollgeschnarcht hast, habe ich schon die Kinder zu Reiner gebracht und Brötchen geholt. Es wäre also nett, wenn du dein Popöchen aus dem Bett schwingen würdest und dich ein ganz klein wenig beeilen könntest. Mittlerweile ist es nämlich schon fast halb zehn, um neun wollten wir eigentlich los." Ronja riss erschrocken die Augen auf, die Kaffeetasse erstarrte auf halbem Weg zum Mund. „Warum sagst du denn nichts, Mensch? Jetzt muss ich auch noch hetzen am frühen Morgen." Damit sprang sie aus dem

Bett und flitzte ins Bad. Keine halbe Stunde später saßen sie im Auto und waren auf dem Weg nach Wald-Michelbach. Sie hatten Mathilda Bescheid gegeben, dass sie etwas später kommen würden als geplant. „Mama klang irgendwie sehr entspannt und aufgeräumt am Telefon. Irgendetwas führt die doch wieder im Schilde." Anja hatte erst überlegt Ronja fahren zu lassen, aber da sie sich etwas beeilen wollten war es besser das sie selbst fuhr. Es war kalt und es konnte stellenweise glatt sein. „Keine Ahnung, vielleicht freut sie sich einfach nur, dass wir kommen." Ronja begann sich im Spiegel der Sonnenblende zu schminken. Dann schnappte sie sich ihr Handy und schrieb Nico eine kurze Nachricht „Guten Morgen, danke nochmal für den wunderschönen Abend. Ich bin jetzt auf dem Weg zu meinen Eltern. Wir sehen uns am Montag. Ich werde an dich denken." Sie versah die Nachricht noch mit einem Herz und einem Kuss-Smiley, drückte auf „Senden" und lehnte sich dann entspannt zurück für die nächste halbe Stunde, die sie jetzt noch vor sich hatten. Mathilda hatte in der Zwischenzeit den Frühstückstisch gedeckt und saß nun mit Georg und Greta beisammen. Die drei unterhielten sich angeregt, bis Mathilda die Haustür aufgehen hörte. Greta wirkte angespannt, aber Georg nickte ihr beruhigend zu. „Die fressen dich schon nicht, unsere Kinder sind im Grunde genommen äußerst harmlos." Man hörte Anja „guten Morgen Mama" sagen und gleich darauf Ronjas freudiger „ich bin wieder daahhaaa"-Ruf. Georg lächelte liebevoll. Ihm fehlte seine Jüngste unter der Woche, das Haus war ziemlich ruhig, wenn nicht wenigstens eine seiner drei Chaotinnen da war. Ronja wollte zuerst ihre Tasche nach oben in ihr altes Zimmer bringen, Anja machte sich schon mal auf den Weg ins Esszimmer. „Hallo Papa….." Sie blieb auf halbem Weg stehen."Guten morgen Anja, es freut mich dich zu sehen." Greta lächelte Anja kleinlaut an. „Hallo Greta, was machst du denn hier?" Mathilda trat hinter sie. „Kind, sei lieb. Das hat schon alles seine Richtigkeit. Greta wird mit uns frühstücken und ich bin froh, dass es so ist. Punkt!" Anja sah ihre Mutter skeptisch an. Die schien sich ihrer Sache aber relativ sicher zu sein und sich auch durchaus sehr wohl zu fühlen. Also ersparte sie sich jedes weitere Wort, nickte Greta zu und setzte sich hin. Ronja polterte die Treppe runter, ihre Mutter schüttelte leicht schmunzelnd den Kopf. Dieses Kind konnte einfach nicht „Leise", wenn Ronja irgendwo im Haus war hörte man sie meistens, bevor man sie sah. So auch jetzt. Sie riss die Tür zum Esszimmer auf und wollte eigentlich schnurstracks ihrem Vater in die Arme fallen. Mitten in der Bewegung aber stoppte sie, was so urkomisch aussah, dass Anja, Mathilda, Georg und sogar Greta lachen mussten. Ronja hingegen funkelte Greta böse an. Die kam sich augenblicklich wieder vor wie eine „Persona non grata" und wäre am liebsten im Erdboden versunken. Sie durfte gar nicht daran denken, was passieren würde, wenn Finja kommen würde. „Komm mein Schatz, setz dich. Es ist alles okay, wenn die Zeit gekommen ist, werde ich es dir erzählen. JETZT ist erst mal Zeit, zu frühstücken." Ronja nahm also wieder Schwung auf und umarmte zunächst ihren Papa, bevor sie sich hinsetzte. Dann sah sie Greta wieder an. Der war das Ganze sichtlich unangenehm, sie hielt jedoch den Blicken von Ronja und auch von Anja tapfer stand. Mathilda werkelte noch in der Küche und Georg stand auf, um ihr zu helfen. Die beiden Mädels saßen nun also mit Greta alleine am Tisch. „Was also genau tust du hier?" Anja verschränkte die Arme vor der Brust und sah Greta herausfordernd an. Sie fühlte einen gewissen Zorn und verstand nicht wirklich, warum ihre Mutter diese Person hier am Tisch sitzen haben wollte. Immerhin hatte sie vor nicht allzu langer Zeit Finja aufs Übelste beleidigt. Und normalerweise verstand ihre Mutter da auch überhaupt keinen Spaß. Umso verwunderlicher war nun das überaus freundliche Verhalten von Mathilda. Greta schluckte, sie fühlte sich gerade ein wenig wie vor dem jüngsten Gericht. Dabei war Finja noch nicht mal anwesend, wenn SIE kam würde es nochmal ein ganzes Stück unangenehmer werden. „Ich habe einen riesengroßen Fehler gemacht. Und wenn ich könnte, würde ich meinen Unsinn, den ich da geredet habe, gerne zurücknehmen. Aber du wirst irgendwann verstehen, WARUM ich so reagiert habe. Ich wollte wirklich niemanden von Euch verletzen, am allerwenigsten Finja. Ich liebe euch, ihr seid über die Jahre hinweg zu meiner kleinen Ersatzfamilie geworden. Ich kenne euch Mädels alle schon von Geburt an, ihr seid die Kinder, die ich selbst niemals hatte. Glaube mir, ich hatte einfach nur Angst." Sie schaute Anja in die Augen, still um Vergebung bittend. Anja sah Ronja an, wollte ihre Meinung darüber wissen. Die schien nachzudenken, man konnte nur nicht genau sagen, über was. Anja vermutete mal, dass sie der Unterhaltung nicht mal wirklich gefolgt war. So verklärt, wie Ronja gerade lächelte, konnten ihre Gedanken nicht wirklich bei Greta sein. Anja feixte. „Tschuldige, ich glaube unser Küken ist gerade gedanklich offenbar nicht anwesend." Sie beschloss, es ihrer Mutter gleich zu tun. Wenn DIE entschieden hatte, Greta zu verzeihen und freundlich zu sein, musste es einen wirklich guten Grund dafür geben. Und den würde man ja eventuell auch irgendwann mal erfahren. Und bis dahin würde sich Anja eben neutral mit einem Hauch Freundlichkeit gegenüber Greta verhalten. Die war sichtlich erleichtert, dass Anja in den „Unterhaltungsmodus" gewechselt war und antwortete lächelnd „ja ja, die Jugend. So wie Ronja guckt ist da wohl ein junger Mann im Spiel." In diesem Moment betraten Mathilda und Georg das Esszimmer. Mathilda trug einen Korb voller Brötchen und eine dampfenden Kaffeekanne.Georg war beladen mit zwei Tellern voller Wurst-und Käseaufschnitt. „Eier kommen auch gleich noch". Mathilda stellte alles auf den Tisch und sah sich um. Sie stellte aufatmend fest, dass ihre Töchter Greta wohl weitgehend in Ruhe gelassen hatten und sie nicht, wie befürchtet, in der Luft zerrissen hatten. „Wo ist ein junger Mann im Spiel?" Mathilda sah neugierig in die Runde. Anja nickte mit dem Kopf in Ronjas Richtung. „Da, sie war gestern Abend mit Nico aus und schwebt seitdem auf rosa Wattewölkchen durch die Gegend." Mathilda sah ihren jüngsten Spross an. Die tippte gerade fleißig auf ihrem Handy herum und ignorierte gekonnt, dass über sie gesprochen wurde. „Oh, erzähl doch mal ein wenig von deiner neuen Eroberung." Georg ließ sich auf den Stuhl gegenüber Ronja fallen und sah sie erwartungsvoll an. Auch Mathilda setzte sich und stützte das Kinn in ihre Handflächen. Ronja sah vom Handy auf, als sie merkte, dass quasi jeder am Tisch sie beobachtete. Sie verdrehte leicht genervt die Augen.

„Liebe Zeit, da gibt´s noch nichts Spannendes zu erzählen. Wir gehen zusammen in eine Klasse. Und gestern Abend waren wir das erste Mal zusammen im Kino, davor etwas essen, danach was trinken. Er ist 20 Jahre alt, kommt aus Altenbach und sieht verdammt gut aus." Ronja zog den einen Mundwinkel nach oben. „Mehr gibt es aktuell noch nicht zu berichten." In diesem Moment fiepte der Eierkocher. Georg stand auf und trollte in die Küche. Er fühlte sich leicht wehmütig. Seine Prinzessin hatte sich also verliebt, das stand ihr ja wohl überdeutlich im Gesicht. Irgendwo im Hinterkopf hatte er nun Angst, nicht mehr wichtig für sie zu sein und sah sich schon die nächste Tochter, nach Anja, am Arm Richtung

Traualtar führen. Dann schüttelte er den Kopf und murmelte leise vor sich hin „Komm schon, alter Mann, so ist nun mal des Lebens Lauf." Er fühlte sich dabei unheimlich philosophisch. So philosophisch, dass er nicht daran dachte, dass Eier, die direkt aus dem Kocher kamen, ziemlich heiß sind. „Verflixt nochmal, wie doof kann man denn sein?" Das Ei, welches er gerade mit festem Handgriff aus dem Eierkocher geholt hatte, folgte nun dem Gesetz der Schwerkraft und segelte zu Boden, wo es mit knirschendem Geräusch zerbrach. Der noch halbflüssige Dotter suchte sich einen Weg über die Fliesen und Georg schimpfte leise vor sich hin. „Schorsch, kann man dir was helfen? Alles gut bei dir?" Mathilda versuchte über ihre Stuhllehne einen Blick in die Küche zu erhaschen. „Nein, alles wunderbar. Ich bin gleich bei euch." Sobald ich meine Pfote ausreichend gekühlt habe, dachte er und hielt mit zusammengebissenen Zähnen seine rechte Hand unters fließend kalte Wasser. Aufatmend spürte er, wie der Schmerz nachließ. Dann packte er die verbliebenen fünf Eier in Eierbecher und balancierte immer jeweils zwei ins Esszimmer. Als er das letzte auf den Tisch stellte und sich danach hinsetzte blickte Mathilda ihn verwundert an. „Sag mal, hast du unterwegs eins verloren? Ich könnte schwören ich hätte sechs Eier gekocht." Georg sah sie durchtrieben an. „Weißt du, mit einem Mal stand da ein Huhn in der Küche und wollte dieses eine Ei zurück haben. Was sollte ich also tun? Ich kann einer Mutter doch keinen Wusch abschlagen....." Er zuckte mit den Schultern. Mathilda sah ihn erst völlig entgeistert an, dann musste sie schallend lachen. Genauso wie der Rest der anwesenden Damen. „Gott, du bist total verrückt, gib zu, du hast es fallen gelassen." Sie wischte sich die Tränen aus den Augenwinkeln vor Lachen.

„Also gut, ertappt. Ich verzichte heute somit großzügig auf mein Frühstücksei. Viel lieber würde ich wissen, wie es meinen Enkeln geht und wie es bei deiner Ausbildung läuft." Er sah Anja und Ronja gespannt an. „Ich lasse dir gerne den Vortritt, ich verhungere nämlich gleich." Ronja machte eine auffordernde Handbewegung zu Anja hin und angelte sich gleichzeitig ein Brötchen aus dem Korb.

„Leonie und Lennox geht es ziemlich gut. Es sind ja bald Ferien, da freuen sie sich jetzt schon drauf. Lennox darf nächstes Jahr mit seiner Fußballmannschaft nach Hoffenheim ins Stadion, eigentlich kann er deswegen jetzt schon vor Aufregung kaum schlafen. Und Leonie hat eine neue Freundin im

Kindergarten gefunden, die war jetzt schon ein paarmal bei uns. Reiner will heute mit ihnen Schlittschuhlaufen gehen, ich bin mal gespannt, ob das wirklich was wird. Ansonsten läuft alles ziemlich ruhig. So, Berichterstattung zu Ende, die Nächste bitte. Ich will nach dem Frühstück noch ein wenig an die frische Luft. Weiß man, wann Finja kommt?" Sie sah fragend in die Runde. Greta war kurz, fast unmerklich, zusammengezuckt, als Anja Finja erwähnte. Das würde wahrscheinlich nochmal ziemlich unangenehm werden. „Nein, nicht direkt. Sie hatte die Woche mal gemeint, es würde wahrscheinlich eher gegen Mittag werden. Doro hatte gestern wohl noch einen Auftrag und Finja hat sie begleitet. Sie wollten heute dementsprechend erst ausschlafen." Mathilda hielt Georg ihre Tasse hin und der schenkte ihr nach. „So meine Kleine, dann erzähl du mal." Georg hob fragend die Kanne Richtung Greta, die schüttelte den Kopf. Dann stellte er sie zurück auf den Tisch und wartete darauf, dass Ronja anfing zu erzählen. „Also, ich bin zur Zeit ja auf der „Stoffwechselabteilung". Da liegen zum Beispiel Kinder mit Diabetes, also entweder angeboren oder jetzt erst entdeckt. Die werden da dann eingestellt, bekommen mit ihren Eltern zusammen gezeigt, wie das mit dem Blutzucker messen funktioniert oder mit dem Insulin. Und wir haben da auch Kinder mit Essstörungen. Ich bekomme von den Diätassistenten erklärt, wie man sich bei einem Diabetes am besten ernährt, was gut für den Zucker ist und was eher schlecht und darf bei den Schulungen dabei sein. Und ich hatte jetzt die ersten wirklichen Kontakte mit den kleinen Patienten. Anni zum Beispiel. Die ist sieben Jahre und hat seit einem Jahr Diabetes. Erst hat sie nur Tabletten genommen, jetzt muss sie anfangen Insulin zu spritzen. Sie ist total süß und macht das wirklich super. Die Kinder dort müssen echt schon richtig viel mitmachen, ich glaube, ich könnte das nicht. Und trotzdem sind die meistens immer fröhlich, es wird sogar ziemlich viel gelacht dort. Im Februar komme ich dann auf die Neurologie. Da wird es, glaube ich, nochmal ein ganzes Stück härter. Aber ich liebe die „Stationstage", die sind viel schöner als Schule. Wobei, in der Schule sehe ich Nico, während der Zeit auf Station sehen wir uns leider kaum. Meistens haben wir unterschiedliche Schichten, dann sehen wir uns überhaupt nicht." Ronja zog die Mundwinkel nach unten. Georg fühlte einen kurzen Stich im väterlichen Herz, dann aber freute er sich, dass sich Ronja in ihrem gewählten Beruf offensichtlich so wohl fühlte. „Darfst du den auch schon etwas an euren Patienten machen oder bist du bisher nur Zuschauer?" Greta hatte die ganze Zeit überlegt, ob sie auch etwas fragen sollte und sich dann dafür entschieden. Es interessierte sie nun mal auch wirklich. Ronja sah sie an und man spürte, dass sie darüber nachdachte, ob und was sie sagen sollte. „Ich darf noch nicht viel machen, außer mal ein Pflaster aufkleben oder ein bisschen assistieren. Blutzucker gemessen habe ich natürlich auch schon. Ich habe aber immer ein wenig Angst im Weg rum zu stehen. Wir Schüler sind am Anfang mehr zum Zugucken und Zuhören verdonnert. Ich freue mich aber jetzt schon tierisch darauf, endlich auch richtig mithelfen zu können. Zur Zeit mache ich viele Botengänge, begleite die Kinder auch zu Untersuchungen oder kümmere mich ums Schränke auffüllen. Die Schule ist auch echt gut, ich mag diese ganzen medizinischen Bücher und habe mir jetzt auch noch ein paar zusätzliche bestellt, die wir eigentlich gar nicht brauchen. Alles in allem macht es mir ziemlich viel Spaß." Sie lächelte Greta an und die hätte vor Dankbarkeit über diese unerwartet ausführliche Antwort am liebsten geheult. Auch Mathilda war gerührt über

Ronjas Willen, sich freundlich und zugänglich zu zeigen. „Will noch jemand Kaffee?" Sie hob die Kanne fragend in die Runde. Als jeder verneinte stand sie auf und begann den Tisch abzuräumen. „Warte, ich helfe dir."

Greta stand ebenfalls auf und schnappte sich die Teller mit dem übrig gebliebenen Aufschnitt. Beide Frauen verschwanden in die Küche. Und wie aufs Stichwort fragte Ronja ihren Vater „Paps, was hältst DU davon, das Greta heute hier ist?" Der blickte gedankenverloren geradeaus. „Das ist schon völlig in Ordnung, Greta hatte es wirklich nicht leicht gehabt. Sie hat völlig übertrieben reagiert und wir haben gelernt, dass nicht immer alles so ist wie es auf den ersten Blick scheint." Ronja und Anja sahen ihn mit großen Augen an. „Du sprichst in Rätseln, großer Meister der völlig verwirrenden Worte. Komm, lass uns lieber raus gehen, eine rauchen." Ronja stand auf und ging in den Flur, um sich ihre Jacke zu holen. Georg folgte ihr freudestrahlend. Anja stand ebenfalls auf, rief in die Küche „bis zum Mittagessen bin ich wieder da", schnappte sich ihre dicke Jacke und zog die Haustür hinter sich zu. Draußen standen ihr Vater und ihre Schwester in stillem Einvernehmen nebeneinander und bliesen ihren Rauch in die kalte Morgenluft.

Fast spürte Anja so etwas wie ein wenig Eifersucht. Das Verhältnis zu ihrem Vater war zwar gut, aber diese Innigkeit und tiefe Bindung, wie er sie mit Ronja hatte, würden sie nie hinbekommen. „Hoffentlich bist du warm genug angezogen, es ist wirklich ziemlich kalt." Georg sah seine Älteste liebevoll an. „Ich bewege mich ja, von daher dürfte das schon passen." Ronja musste lachen. „Ja, das glaube ich dir aufs Erste, dass du dich bewegst. Komm nicht vom Weg ab beim Spazierengehen, Schwesterherz." Anja murmelte noch „freches Früchtchen" und errötete leicht dabei. Dann machte sie sich auf den Weg zu einem Pfad, der sie Richtung Wald an eine abgelegene Wanderhütte führte.

„Schön das du da bist". Alexander saß auf einer halb zerfallenen Bank, deren Holz über die Jahre hinweg schon so morsch und verwittert war, dass sie alleine beim bloßen Ansehen schon zusammen zu fallen drohte. Er strahlte, stand auf, kam auf sie zu und schloss sie fest in seine Arme. Anja genoss seine Berührungen und hatte aber auch prompt sofort wieder ein schlechtes Gewissen. Dennoch schloss sie die Augen, als Alexander sanft seine Lippen auf ihre legte und sie erst liebevoll und dann immer leidenschaftlicher küsste. Nur mit Mühe und viel Selbstbeherrschung riss sie sich los und setze sich gedankenverloren auf die Holzbank vor der Hütte. Alexander setzte sich neben sie. „Was ist denn los meine Süße?" Anja sah ihn nachdenklich an. Er sah wirklich unverschämt gut aus und Anja konnte es immer noch nicht so ganz glauben, als er vor ein paar Wochen bei einem Glas Wein zu ihr gesagt hatte, dass er sie unheimlich anziehend und ziemlich sexy fand. Erst hatte sie geglaubt, er wolle sie veräppeln. Was war sie schon? Eine 34jährige Mutter und (Noch-)Ehefrau, langweilig und eigentlich nichtssagend. Jedenfalls sah sie sich so. Alexander aber sah das offenbar ganz anders. Er hatte sie an dem Abend sanft an der Hand berührt und ihr ganz tief in die

Augen geschaut. Sie wollte seinen süßen Worten so gerne Glauben schenken, aber das schlechte Gewissen hatte ihr jetzt schon so manche Nacht den Schlaf geraubt. „Wie läuft es mit Nadja?" Sie wusste, wenn sie nach seiner Frau fragte war das von vornherein der absolute Stimmungskiller, aber sie konnte irgendwie gerade nicht anders. Wie erwartet reagierte er leicht genervt und dementsprechend unwirsch. „Ich hatte nicht vor, unsere viel zu kurze Zeit damit zu verschwenden, dir von meiner langweiligen, anstrengenden Ehe zu erzählen. Viel lieber würde ich jetzt ganz intensiv deine wunderbare Nähe genießen." Er schmiegte sich an sie und versuchte sie zu küssen. Anja wich ihm aus. „Was ist denn heute los mit dir? So abweisend kenne ich dich ja gar nicht." Alexander schob sie ein Stück weg von sich und sah sie fragend an. Anja schüttelte den Kopf. „Ich muss halt ständig daran denken, was hier los wäre, wenn uns jemand auf die Schliche kommt. Das wäre doch für Nadja und die Kinder eine echte Katastrophe. Wie hast du dir alles denn für die Zukunft vorgestellt?" Sie senkte bekümmert die Augen. Seit sie sich im November das erste Mal mit Alexander eingelassen hatte, konnte sie zugegebenermaßen an fast nichts anderes mehr denken. Es war so ganz anders gewesen wie noch während ihrer Ehe mit Reiner. Alexander hatte keinen Hehl daraus gemacht, wie sehr er sie begehrte. Er machte ihr Komplimente, schrieb ihr Nachrichten, bei denen sie schon Herzklopfen bekam, wenn sie nur daran dachte. Und sie fühlte paradoxerweise, dass er es wirklich ernst zu meinen schien. Und genau das und die Tatsache, dass er nun mal noch verheiratet war, bereitete ihr ziemliches Kopfzerbrechen. Sie sah ihn direkt an, versuchte in seinen Augen zu lesen, was gerade in ihm vorging. „Alex, was willst du von mir?" Der nahm ihre beiden Hände in seine, streichelte sie und schien zu überlegen. „Hm, was will ich? Ehrlich gesagt, habe ich mir die letzten paar Tage tatsächlich darüber viele Gedanken gemacht. Das Zusammenleben mit Nadja wird immer schwieriger, sie lässt sich gehen, kümmert sich kaum noch um die Kinder, vernachlässigt den Haushalt. Sie liegt fast den ganzen Tag nur auf der Couch, glotzt irgendwelche bescheuerten Daily Soaps und stopft sich mit kalorienhaltigem Kram voll. Wenn die so weitermacht kann sie ihre Klamotten in der Campingabteilung kaufen, weil kleiner als „Zelt" passt ihr bestimmt bald nicht mehr. Ihr Hinterteil kriegt bestimmt demnächst ´ne eigene Postleitzahl." Anja musste ungewollt kichern und schlug sich prustend die Hand vor den Mund. „Außerdem habe ich es satt, eine erwachsene Frau wenigstens zweimal in der Woche daran erinnern zu müssen, dass sich so ein, sagen wir mal, fülliger Körper auch ab und zu mal über etwas Wasser und Seife freut. Und das die Zähne und der Mund sich auch in regelmäßigem Abstand über den Besuch einer Zahnbürste freuen würde. Der Gestank, der sich in unserem Haus ausbreitet, wird schon langsam peinlich. Sie hat an NICHTS Interesse, weder an Ausflügen mit mir und den Kindern, noch an irgendwelchen Hobbys. Wenn ich spätnachmittags von der Arbeit komme muss ich erst mal aufräumen und saubermachen, sonst verkommt unser Häuschen demnächst zu einer Müllhalde. Ich möchte sie weder berühren, geschweige denn küssen oder sonst irgendetwas mit ihr zu tun haben, was mit körperliche Nähe zusammenhängt. Diese ganze Frau kotzt mich mittlerweile einfach nur noch an." Die letzten Worte hatte er fast hinaus gespien. Anja tat es fast schon leid, dass sie dieses Thema überhaupt angeschnitten hatte. Sie und Alexander sahen sich nicht allzu oft, jedenfalls nicht so oft wie er es sich vielleicht gewünscht hätte. Und wenn sie sich sahen war die kurze Zeit, die sie irgendwo heimlich und im Verborgenen miteinander hatten, meistens viel zu schnell wieder vorbei. Heute hatte sie das Bedürfnis gehabt, mehr über ihn und seine Ehe zu erfahren. Auch wenn sie wusste, dass sie wahrscheinlich mit Anlauf in ein Wespennest stechen würde. Was sich jetzt ja auch offenbar bewahrheitet hatte. Alexander war auf alle Fälle ziemlich angefressen. „Du hast gefragt, was ich von dir will?? Ich kann dir sagen, was ich will und ich bin mir nicht mal ganz sicher, ob sich das nur auf dich bezieht. Ich will eine ganz normale Beziehung haben. Eine, in der man Spaß zusammen hat, in der man gerne Zeit miteinander verbringt. Wo man abends auch mal ausgeht oder sich zusammen vor den Fernseher kuschelt. In der man über alles reden kann und seine Sorgen, Ängste, Nöte und auch Freude und Glück miteinander teilt. Wo man vielleicht auch mal zusammen kocht und sich mit Freunden trifft und in der auch der Sex mal wieder richtig Spaß macht und heiß ist. DAS alles will ich. Und ja Anja, am liebsten hätte ich das alles mit dir!" Anja war sprachlos. Sie hatte Alexander noch nie so offen und schonungslos über seine Ehe reden gehört und war fassungslos, wie verzweifelt er gerade war.

Und außerdem war sie jetzt gerade ziemlich verwirrt über seine Aussage, dass er sich offenbar eine Beziehung, mehr noch, ein Leben mit ihr vorstellen konnte. „Alex, wie stellst du dir das denn vor?" Sie wusste, sie wiederholte sich, diese Frage hatte sie ihm vorhin schon mal gestellt. Aber noch hatte sie ja auch nicht wirklich eine Antwort bekommen. „Ich lebe getrennt, habe zwei Kinder und ein Haus in Dossenheim. Deine Frau weiß wahrscheinlich noch nicht mal, wie nah eure Ehe am Abgrund steht. Die denkt wahrscheinlich, es ist alles gut. Oder weiß sie etwa, dass du dich mit mir triffst?" Alex schüttelte kaum merklich den Kopf. „Siehst du? Vielleicht wäre es an der Zeit, dass du zunächst bei dir daheim für klare Verhältnisse sorgst. Mein Leben gerät gerade wieder in verhältnismäßig ruhige Bahnen und das tut mir unheimlich gut. Versteh mich nicht falsch. Ich mag dich und ich genieße unsere gemeinsame Zeit sehr. Aber ich bin mir nicht sicher, ob ich das alles, was DU willst, jetzt auch möchte. Ich habe erst eine ziemlich anstrengende Ehe hinter mir und ich liebe es, mir meinen Tag einteilen zu können wie ICH will, ich bin nichts und niemandem Rechenschaft schuldig, außer meinen Kindern. Und denen werde ich bestimmt nicht gleich

wieder einen neuen „Papa" vor die Nase knallen. Und ich bin nicht bereit, meine neugewonnene Freiheit jetzt schon wieder aufzugeben, verstehst du was ich meine?" Alexander blickte ihr lange in die Augen. Sie konnte nicht richtig einschätzen, was er in dem Moment dachte oder fühlte. „Alex? Bist du mir jetzt böse?" Sie wusste, dass sie gerade sehr direkt gewesen war, aber sie hatte es satt, auf die Gefühle anderer Rücksicht nehmen zu müssen. Das hatte sie lange genug getan. „Nein, ich bin dir nicht böse. Ich verstehe dich sogar." Alexander lächelte traurig. „Du bedeutest mir nur sehr viel, ich zähle meistens die Tage und Stunden, bis wir uns wieder sehen. Und ich würde am liebsten Tag und Nacht mit dir verbringen. Aber du hast recht, solange ich nicht mit Nadja gesprochen habe wird das alles nur eine nervenzermürbende Geschichte werden. Ich verspreche dir, ich werde ein klärendes Gespräch mit meiner Frau führen, schon den Kindern zuliebe. Und ich verspreche dir auch, dass ich dich niemals auf irgendeine Art und Weise einengen oder bevormunden werde. Dafür bist du mir viel zu wichtig, ich habe viel zu viel Angst, dich völlig zu verlieren."
Er nahm sie fest in den Arm und sie ließ es nur zu gerne zu. „Wie viel Zeit hast du noch?"

Anja schaute auf die Uhr und überlegte. Es war mittlerweile viertel nach elf vormittags. Sie hatte ihrer Mutter versprochen, bis zum Mittagessen wieder daheim zu sein. Und das würde nicht vor ein Uhr stattfinden. Sie lächelte ihn an. „Ich habe noch unendlich viel Zeit." Er stand auf, nahm sie an die Hand und führte sie wortlos in die Hütte....

Georg und Mathilda waren zusammen in der Küche. Er blätterte am Küchentisch in der Zeitung, sie war am Herd zugange und rührte in diversen Kochtöpfen. Georg schüttelte den Kopf. „ Manchmal hätte ich richtig große Lust diesem Trump ein paar aufs Maul zu hauen. So ein ausgemachter Spinner." Mathilda amüsierte sich über den Unmut ihres Mannes. Der war schnell in Rage, wenn es um Politik ging. Auch wenn er davon eigentlich herzlich wenig Ahnung hatte. Mathilda interessierte sich dagegen herzlich wenig fürs Weltgeschehen, ihre kleine, einigermaßen heile Welt war ihr um einiges wichtiger. Aber sie musste ihrem Mann recht geben, dieser amerikanische Präsident schien nicht alle Tassen im Schrank zu haben. Aber es war dann eher seine Frisur, über die sie, am liebsten zusammen mit Greta, herrlich lästern konnte. Während sie das angebratene Fleisch in den Ofen schob und sich ein Messer zum Kartoffeln schälen holte, dachte sie nochmal über Greta nach. Deren Geschichte hatte sie zutiefst erschüttert. Und sie war froh, dass ihre Freundin den Mut gehabt hatte, ihr alles zu erzählen. Erstens verstand sie nun ihre Reaktion auf Ronjas 18. Geburtstag und zweitens hatte sie sie insgeheim auch ziemlich vermisst. Im oberen Stock polterte es als hätten die Russen Einzug gehalten. Mathilda blickte seufzend zur Decke. „Gott, was treibt dieser kleine Schussel denn jetzt schon wieder?" Georg schlug die Zeitung zu und erhob sich. „Ich geh nachgucken, nicht das es etwas ist, wo wir heute noch entweder mein Werkzeug oder den ärztlichen Notdienst brauchen." Er feixte und schleppte sich die Treppen hoch. Seine Schmerzen hatten die letzten Tage wieder zugenommen, er schob es auf das kalte Wetter. Oben angekommen sah er den langen Flur entlang und sah seine Jüngste mit einem Eimer und einem Lappen in der Hand aus dem Bad flitzen. „Oh Papa, bitte verrate mich nicht. Ich habe Mamas große Bodenvase umgeworfen als ich das Bügelbrett holen wollte. Jetzt hat sie einen kleinen Riss und das gesamte Wasser hat sich über den Boden ergossen." Sie guckte schuldbewusst wie ein junger Hund, der wusste, dass er was angestellt hatte. „Ich wische es schnell auf, aber ich glaube kaum, dass ich da nochmal Wasser reinzufüllen brauche. Der Riss ist ziemlich groß." Georg nahm die Vase in die Hand und begutachtete sie von allen Seiten. Sie hatten einen wirklich respektablen Riss von ganz oben nach ganz unten. Zwar haarfein, aber Ronja hatte recht. Da würde über kurz oder lang kein Wasser drin bleiben. „Ich werde versuchen, dass mit Silikon zu verdichten. Und dann stellen wir die Vase so hin, dass Mama nichts merkt." Er zwinkerte Ronja verschwörerisch zu. Die warf ihm eine dankbare Kusshand zu. „Paps, du bist der Beste." Dann machte sie sich weiter mit dem Lappen an der ziemlich großen Pfütze zu schaffen. Georg schlich sich die Treppe runter. Seine Mia musste die Aktion nicht unbedingt mitbekommen, das würde nur unnötiges Gebrummel geben. Er schnappte sich seine Jacke, rief Richtung Küche „ich muss kurz in den Keller" und machte sich dann auf in seine Bastelwerkstatt. Zehn Minuten später stand er mit der frisch abgedichteten Vase wieder vor Ronja. Die hatte mittlerweile die Überschwemmung beseitigt und begutachtete erleichtert die Arbeit ihres Vaters. Der Riss war kaum zu sehen. „Jetzt wollen wir nur hoffen, dass mein Plan funktioniert und das Ganze auch dicht ist." Georg ging ins Bad und füllte Wasser in die Vase. „Sieht ganz gut aus. Komm, wir stellen sie wieder hin wo sie war und stecken die Blumen wieder rein. Besser wird´s erst mal nicht." Unten wurde die Haustür aufgeschlossen. „Huhu, jemand Zuhause?" Finja zog ihre Jacke und ihre Mütze aus und ging Richtung Küche. „Hallo mein Schatz. Na, alles gut bei dir? Ist es noch glatt unterwegs?" Finja setzte sich zu ihrer Mutter in die Küche und streckte die Beine von sich. „Also auf der Kreidacher Höhe ist es ziemlich rutschig, aber sonst geht´s. Bei mir ist alles wunderbar." Sie strahlte. „Ich weiß, ich wollte eigentlich bis morgen bleiben, aber ich habe etwas überraschend morgen noch einen Job angeboten bekommen, dass konnte ich nicht ablehnen. Der SWR dreht einen Spot und hat dafür einige Komparsen angeheuert. Und um die darf ich mich kümmern. Vielleicht kann ich so in der Fernsehwelt ein bisschen Fuß fassen. Also eine ziemlich gute Chance für mein berufliches Weiterkommen. Wo ist eigentlich der ganze Rest? Hier ist es ungewöhnlich still." Sie schnappte sich ein Stück Karotte von einem Teller und mümmelte zufrieden daran. „Das klingt ja fantastisch, das freut mich sehr für dich. Ronja und euer Vater sind oben, keine Ahnung, was die da die ganze Zeit treiben. Und Anja ist noch „spazieren". Sie blickte Finja vielsagend an. Die grinste. Anjas „Spaziergänge" sorgten hier für sehr gemischte Meinungen. Jedem war klar, mit wem sie die Zeit, in der sie weg war, verbrachte. Ronja und Finja fanden das Ganze recht amüsant, sie gönnten Anja dieses neugewonnene Gefühl von Leichtigkeit und Leben. Mathilda war da eher skeptisch, zuweilen sogar misstrauisch. Und so richtig gut heißen konnte sie das alles auch nicht. Fremdgehen war keine Option, auch wenn Anja von Reiner getrennt lebte, Alexander war schließlich noch verheiratet. Aber beide waren erwachsen und sollten von daher wissen was sie tun. Und sie musste zugeben, dass es Anja offenbar gut tat. Trotz allem hatte sie Sorge, wohin das die beiden noch führen würde. Dann fiel ihr ziemlich abrupt ein, dass sie ja jetzt zunächst mal ein ganz anderes „Problem" hatte. Sie drehte sich zu Finja um, die sich gerade ein weiteres Stück Karotte geangelt hatte. „Ich muss mit dir reden." Finja hörte auf zu kauen, und sah ihre Mutter gespannt an. Meistens folgte auf so einen Satz nichts Gutes. Sie setzte sich aufrecht hin und spannte unbewusst ihre Muskeln an. Mathilda holte tief Luft. „Greta war vorhin da." Sie ließ diesen Satz zunächst auf Finja wirken. Die blies sich auf wie ein kleiner Kugelfisch und wurde prompt rot vor Zorn. „Na, die hat ja Nerven! Was wollte die hier??" Mathilda setzte sich neben ihre Tochter. „Beruhig dich, ich möchte dir gerne etwas erzählen." Sie versuchte, Gretas Leidensweg in kurzen, verständlichen Sätzen wiederzugeben. Gerade, als sie am Ende ihrer Zusammenfassung war kamen Ronja und Georg in die Küche. „Habt ihr das gewusst?" fragte Finja beide. Ronja nickte. Mathilda sah sie erstaunt an, Ronja und Anja waren heute morgen noch nicht da gewesen, als Greta ihr Herz ausgeschüttet hatte.

„Ich habe Papa gerade mal gefragt, was sie eigentlich so früh morgens hier gewollt hatte und er hat es mir erzählt." Georg beobachtete Finja. Sie war genauso hitzköpfig wie ihre beiden Schwestern, aber auch ebenso liebevoll, loyal und herzlich. Georg wusste, sie würde zwar ein Weilchen darüber nachdenken wollen, aber im Endeffekt würde sie Greta verzeihen. Schon ihrer Mutter zuliebe. Und eigentlich war ja alles in bester Ordnung. „Sag mal Mamutschka, hast du eigentlich schon den Tisch bestellt für nächsten Samstag?" Georg sah seine Frau erwartungsvoll an. Er hatte in einer Woche

Geburtstag und würde 66 werden. Und dieses Mal wollten sie abends mit der ganzen Familie essen gehen. In Weinheim gab es einen leckeren Chinesen, dort wollten sie sich um 19 Uhr treffen. „Ja, eigentlich habe ich reserviert, für sieben Personen. Nun überlege ich aber gerade, ob wir nicht noch zwei Personen zusätzlich einladen sollen." Sie sah Ronja an. „Magst du deinen Nico vielleicht fragen, ob er mit uns mitkommen möchte? Dann würden wir ihn auch mal kennenlernen." Ronja hob abwehrend die Hände. „Wir kennen uns doch erst ein paar Wochen. Ich glaube nicht dass er da schon so große Lust auf Familienfeiern hat. Aber ich werde ihn fragen, versprochen." Insgeheim fand sie die Idee eigentlich gar nicht schlecht, auch wenn sie etwas Angst vor den Kommentaren ihrer Familie hatte. Die waren allesamt zu Allem fähig und konnten einem innerhalb weniger Sekunden in unerwartet peinliche Situationen bringen. Manchmal reichte dafür sogar nur ein einziger Satz. „Und du würdest gerne Greta einladen, richtig?" Georg zwinkerte seiner Frau zu. „Ja, würde ich tatsächlich gerne. Sie hat doch eigentlich niemanden, außer uns. Und das wäre doch eine schöne Möglichkeit, sich wieder zu versöhnen. Natürlich nur, wenn du nichts dagegen hast." Sie sah Finja fast bittend an. „Nein, mach ruhig. Zur Not hetze ich Doro auf sie." Sie musste laut lachen über das entsetzte Gesicht ihrer Mutter. „Beruhige dich, wir sind ja schließlich keine Kampflesben. Wenn man uns in Ruhe lässt sind wir das friedlichste, harmonischste Pärchen auf Gottes Erdenrund." Georg sah seine Mittlere mahnend an, er hatte die Befürchtung, Mathilda würde sonst demnächst auf Tütenatmung umstellen. „Von mir aus kannst du Greta gerne fragen, ich denke, sie wird sich freuen." Georg erhob sich von seinem Stuhl. „Wo bleibt eigentlich Anja? Wollte die nicht zum Mittagessen wieder da sein?" Die Erwähnung des Mittagessens löste in Mathilda sofort Panik aus. „MIST, die Kartoffeln, die sind bestimmt mittlerweile kohlrabenschwarz." Sie rannte in die Küche, um dort festzustellen, dass sie, fast schon zum Glück, vergessen hatte, den Topf auf den Herd zu stellen. „Das mit dem Essen dauert noch gut eine halbe Stunde, also hat Anja auch noch Zeit. Ihr könntet aber schon mal anfangen zu decken."

Anja und Alexander lagen engumschlungen in der kleinen kalten Holzhütte. Anja sah auf ihre Uhr und seufzte. „Ich muss wirklich los, sonst macht sich meine Mutter noch Gedanken. Sieh mich nicht so an, ich weiß, ich bin wahrhaftig alt genug, aber sie sieht in dir wohl eher einen potenziellen Vergewaltiger und Serienmörder als einen, zugegebenermaßen, verdammt guten Liebhaber. Und sie findet es natürlich auch nicht wirklich prickelnd, dass du verheiratet bist. Und dass ich mich mit DIR treffe ist in meiner Familie ein offenes Geheimnis. Jeder weiß es, aber keiner sagt wirklich etwas dazu. Ich sehe meiner Mutter aber an, dass sie über unsere „Liason" nicht unbedingt erfreut ist. Sie würde sich nur nicht getrauen etwas zu sagen. Und genau deshalb möchte ich nicht auch noch für weitere wilde Spekulationen sorgen." Sie stand auf und begann sich anzuziehen. Alexander sah ihr nachdenklich zu. „Wann sehe ich dich wieder?" Anja hielt inne und betrachtete ihn. Er sah so gut aus und sie konnte es immer noch nicht ganz glauben, dass sich so ein Mann in sie verliebt hatte. „Ich weiß noch nicht genau, nächstes Wochenende hat mein Papa Geburtstag, da könnte ich, wenn, dann nur am Sonntag." Alexander blickte sie traurig an. „Sonntag kann ich nicht, da müssen wir zu den Schwiegereltern. Da werden wir auch erst gegen Abend wieder zuhause sein." Er stützte nachdenklich seinen Kopf in beide Hände. „Besteht die Chance, dass wir uns vielleicht nächste Woche irgendwo treffen könnten? Ich habe beruflich am Mittwoch in Heidelberg zu tun, wenn du magst, komme ich kurz bei dir vorbei." Anja schüttelte den Kopf. Sie wollte jegliches Gerede bei den Nachbarn vermeiden und vor allem wollte sie nicht, dass Leonie und Lennox Alexander zufällig über den Weg liefen. Sie kannten ihn selbstverständlich, er wohnte schließlich bei Oma und Opa in der Straße. Und sie hatten schon mit dessen Kindern zusammen auf dem Spielplatz gespielt. Sie wollte somit unangenehmen und eventuell peinlichen Fragen gerne aus dem Weg gehen. „Das gäbe nur unnötige Diskussionen. Ich will nicht, dass die Kinder dich sehen und das vielleicht sogar Reiner auf die Nase binden. Außerdem muss ich nächste Woche arbeiten und habe daher wenig Zeit. Wir können ja schreiben, wenn du magst." Sie ging auf ihn zu und nahm ihn in den Arm. „He, jetzt mach doch nicht so ein enttäuschtes Gesicht. Wir wussten doch beide, dass das kompliziert werden könnte. Aber es steht einfach noch viel zu viel auf dem Spiel." Alexander lehnte seine Stirn an ihre. „Ich weiß ja, dass du recht hast, aber du fehlst mir meistens schon in dem Moment, in dem ich dich wieder auf unbestimmte Zeit loslassen muss. Ich muss wirklich mit Nadja reden, das geht so nicht weiter."

„Das ist alleine deine Entscheidung, da mische ich mich nicht ein. ICH habe nichts zu verlieren, meine Familienverhältnisse sind weitgehend geklärt." Sie lächelte durchtrieben. „Ja, und dafür beneide ich dich wirklich sehr. Ich wünschte, ich wäre auch schon soweit." Er seufzte. „Also gut, dann schreiben wir. Aber vergiss mich nicht! Ich werde an dich denken, Sweetie." Diesen Kosenamen hatte er ihr nach dem ersten leidenschaftlichen Kuss ins Ohr geflüstert. Eigentlich fand sie es ganz süß, nur manchmal, so ganz im Stillen, war sie davon leicht genervt. Draußen vor der Tür küssten sie sich noch einmal zärtlich, dann ging jeder seiner Wege. Anja schlug den Kragen ihrer Jacke hoch und band sich ihren Schal enger um den Hals. Es war knackig kalt, obwohl es mittlerweile schon Mittag war und die Sonne hoch am Himmel stand. Gedankenversunken schlenderte sie nach Hause. Sie mochte Alexander wirklich und die Stunden, die sie bisher mit ihm verbracht hatte, waren genau das, was ihr die letzten Jahre in ihrer Ehe gefehlt hatte. Aber reichte das für eine Beziehung? Was wussten sie denn eigentlich voneinander? So richtig viel geredet hatten sie in der Zeit noch nicht, das Körperliche hatte bisher immer an erster Stelle gestanden. Könnte sie sich vorstellen, ein Leben mit ihm zu verbringen? Ja, er sah gut aus, aber das war nun mal für eine Partnerschaft nicht das Ausschlaggebendste. Natürlich war es von Vorteil, wenn der Partner nicht aussah wie der Glöckner von Notre Dame. Aber irgendwie beschlich sie das leise Gefühl, dass ein Leben mit Alexander schwierig und kompliziert werden könnte. Er neigte zum klammern, nervte sie manchmal mit seiner Fragerei was sie gerade mache, an was sie gerade denke oder wohin sie heute ging, nach Möglichkeit noch mit wem. Sie genoss es so sehr, endlich unabhängig zu sein, so dass sie diese Art von Kontrolle sehr anstrengend fand. Am Anfang gab sie ihm noch ehrliche Antworten auf seine ständigen Fragen, mittlerweile sagte sie einfach irgendetwas, nur damit Ruhe war.

Je näher sie jetzt ihrem Elternhaus kam, umso mehr merkte sie, dass diese kleine Affäre für sie keine Zukunft haben würde. Sie musste das beenden, solange es noch nicht zu spät war. Wenn Alexander sich wirklich wegen ihr von Nadja trennen würde, wäre das Drama

danach umso größer. Sie beschloss, bei Gelegenheit mit ihrer Mutter darüber zu reden. Sie kannte ja ihre allgemeine Meinung darüber, wusste aber auch, wenn sie um eine ehrliche, unvoreingenommene Meinung bat, dass sie diese bekommen würde. Bei dem Gedanken wurde ihr etwas leichter ums Herz und mit Schwung schob sie das Hoftor zu ihrem Elternhaus auf. Ihr Vater stand draußen und rauchte. Allein. Er lächelte, als er sie kommen sah. Natürlich wusste auch er, wo seine Tochter herkam, beziehungsweise mit wem sie dort zusammen war. Aber er hielt sich aus dem Liebesleben seiner Töchter vornehm heraus, solche Sachen überließ er großzügig seiner Frau. „Du siehst ja völlig durchgefroren aus. Geh rein, das Essen ist gleich fertig." Ihr Vater strich ihr im Vorbeilaufen über den Rücken, sie lächelte ihn kurz an und schloss dann die Haustür auf. Drinnen empfing sie gemütliche Wärme, der Duft nach leckerem Essen und drei Frauenstimmen, die vergnügt durcheinander quatschten. „Na, war's schön bei deinem Spaziergang?" Ronja knuffte Anja in die Seite und lachte. „Danke der Nachfrage, ich kann mich nicht beschweren."
Anja lächelte unschuldig und ging dann in die Küche, wo ihre Mutter gerade die Lende

aufschnitt. „Gut das du kommst, dass Essen ist fertig." Sie sah ihre Älteste musternd an. „Ist alles in Ordnung bei dir?" Anja musste schmunzeln. Ihre Mutter hatte einen untrüglichen Sinn für unterdrückte Emotionen und Probleme. Es war, als würde sie spüren, dass etwas mit einem nicht stimmte, sobald man den Raum betrat. Anja sah sie an. „Ja, eigentlich schon. Vielleicht würde ich später gerne mal mit dir reden. Ich muss erst selbst ein bisschen nachdenken." Sie schnappte sich die Schüssel mit den Kartoffeln und trug sie ins Esszimmer, wo ihre beiden Schwestern über Finjas Handy hingen. Finja zeigte Ronja gerade Bilder von der letzten Produktion, an der sie teilgenommen hatte. Ein kleiner Low Budget Film, an dem sie maskenbildnertechnisch mitwirken durfte. Sie war sehr stolz auf ihre Arbeit und zeigte sie nun auch Anja, als diese die Schüssel auf den Tisch gestellt hatte. „Das nächste Mal darf ich vielleicht schon an einer kleinen Serie mitarbeiten. Die Macher waren da sehr optimistisch." Anja klopfte ihr anerkennend auf die Schultern. „Dann haben wir ja bald eine kleine Berühmtheit mit am Tisch sitzen. Wie geht's Doro?" Anja setzte sich und schenkte sich ein Glas Wasser ein. „Sehr gut, eigentlich wäre sie heute mitgekommen, aber es kam ein Shooting dazwischen. Unsere Terminkalender überschneiden sich gerade ziemlich, so richtig viel Zeit haben wir jetzt nicht miteinander. Aber wir haben es ja nicht anders gewollt." Sie zuckte mit den Schultern.

„Mama, gibt's eigentlich auch Nachtisch?" Ronja blinzelte ihrer Mutter zu, die gerade mit der Fleischplatte ins Esszimmer kam. So so, Nachtisch möchte die junge Dame? Vielleicht hättest du dich ja dann mal darum kümmern können, oder was meinst du?" Sie wuschelte ihrer Tochter durch die blonden Haare. „Iiiich? Und wer bitte schön sollte das dann essen wollen? Du weißt doch, dass die Küche und ich auf Kriegsfuß stehen. Kochkünste scheinen sich nun mal nicht zu vererben, sieht man ja an Anja." Die riss empört die Augen auf, und den Mund gleich mit dazu. „Sag mal, wer futtert sich denn die ganze Woche bei mir durch. Würdest du so entsetzlich verhungert aussehen wie du gerade tust, hätte Mama dich schon längst wieder heim beordert." Sie deutete fast anklagend in Ronjas Richtung. „Mama, sag doch auch mal was!" Ronja murmelte „jaja, ich halte mich durchaus aufrecht, dem Pizzaservice und diverser Dönerbuden sei Dank."

Finja, Georg und sogar Mathilda lachten. Anja verschränkte beleidigt die Arme vor ihrer

Brust. „Na komm, so schlimm kocht Anja nun wahrlich nicht, Leonie und Lennox wurden ja immerhin auch noch nicht vom Jugendamt abgeholt. Spricht doch alles für sie." Mathilda tätschelte gönnerhaft Anjas Arm und lachte. „So, jetzt ist Schluss mit der Streiterei, jetzt wird gegessen. Und ja, es gibt auch Nachtisch." Ronja warf einen Kuss in Richtung ihrer Mutter. „Du bist echt die Beste."

Nach dem Essen verzogen sich Ronja und Finja in ihre alten Zimmer, beide wollten in Ruhe telefonieren. Finja mit Doro und Ronja mit Nico. Letztere überlegte sich ein paar Minuten, über was sie mit Nico am Telefon reden sollte und entschied sich dann, ihm lieber zu schreiben. Das war irgendwie unverfänglicher, da konnte man sich seine Sätze länger überlegen.

Anja half unterdessen ihrer Mutter beim Küche aufräumen, Ihr Vater war in den Hof gegangen zum Rauchen. Das war die ideale Gelegenheit, um in Ruhe mit ihr zu reden. „Mama, darf ich dich mal was fragen?" Mathilda kratzte gerade die Essensreste von den Tellern und hielt mitten in der Bewegung inne. Ihre Älteste erschien nachdenklich und leicht hilflos. „Selbstverständlich darfst du fragen. Sollen wir uns hinsetzen?" Anja überlegte. „Nein, lass uns weitermachen, vielleicht bekomme ich die Sätze dann leichter zusammen." Sie schnappte sich ein Geschirrhandtuch und begann, die Töpfe abzutrocknen, die ihre Mutter gerade gespült hatte. „Ich weiß nicht genau, wie ich anfangen soll, ohne dass ich in diverse Peinlichkeiten abrutsche. Wie du ja ziemlich sicher weißt, habe ich seit geraumer Zeit eine Affäre mit Alexander. Wobei das ja eigentlich nur für IHN eine Affäre ist, bei mir wäre das ja vom Prinzip her gerade völlig egal. Aber er ist nun mal noch verheiratet. Eigentlich ist er ja echt süß, ziemlich lieb und auch absolut bereit, alles für mich und eine Zukunft mit mir aufzugeben. Ja, du brauchst mich nicht so entgeistert anzusehen, ich weiß auch noch nicht so recht, was ich davon halten soll. Mein eigentliches Problem ist aber, dass ich das alles so gar nicht wirklich will. Wir hatten Spaß zusammen, aber ich glaube, für mehr bin ich gerade überhaupt nicht geschaffen. Er fängt regelrecht an mich zu nerven. Es wird anstrengend und lästig. Alexander würde gerne über meine Zeit und einen Teil meines Lebens bestimmen, den ich nicht bereit bin herzugeben. Ich weiß nun ehrlich gesagt nicht, wie ich ihm das am effektivsten und schonendsten beibringe. Und da kämst jetzt du ins Spiel. Wie bringe ich ihm bei, dass mir das jetzt alles zu viel und zu eng wird? Also wie sage ich ihm am deutlichsten, dass ich das alles nicht mehr will? Ohne ihm weh zu tun…." Anja ließ das Küchentuch neben sich runter baumeln und sah ihre Mutter ratlos an. Die schrubbte weiter an der Backofenform, in der das Fleisch gelegen hatte. Anja meinte, eine kleine Rauchwolke über ihrem Kopf entstehen zu sehen, sie spürte jedenfalls, dass ihre Mutter ziemlich stark nachdachte. Es dauerte dann auch eine ganze Weile, bis ihre Mutter sich umdrehte und Anja ansah. Und zu Anjas Verwunderung lächelte Mathilda, ziemlich breit sogar. „Ok, jetzt bin ich maßlos verwirrt. Warum in aller Welt lachst du?" Mathilda setzte sich an den Küchentisch und bat Anja mit einer Handbewegung sich zu ihr zu setzen. „Ach Kind, wie du dir denken kannst, war ich die ganze Zeit über nicht wirklich begeistert von deiner kleinen Liebschaft. Aber du hast zufrieden und einigermaßen glücklich ausgesehen, also hielt ich mich wohlweislich zurück. Aber wir, also dein Vater und ich, fanden Alexanders Verhalten seiner Frau gegenüber unfair. Er hätte von vornherein Klartext reden sollen, ob das jetzt mit euch was geworden wäre oder nicht. Das er sich zu solch einer Klette entwickelt konntest du ja nicht ahnen. Ich an deiner Stelle würde ihm sagen, wie es ist. Das du noch nicht wieder bereit bist für eine Beziehung und das du es genießt, deine Freiheiten zu haben. Er darf ruhig merken, dass er dir ein kleines bisschen auf den Keks geht." Mathilda zwinkerte. „Vielleicht ändert er sich ja auch noch und ihr probiert es irgendwann nochmal. Aber bis dahin soll er sich erst mal selbst darüber im Klaren werden, was er eigentlich will. DU hast es schon dreimal nicht nötig, dich so einem Schlendrian an den Hals zu werfen." Sie warf ihrer Tochter einen liebevollen Blick zu und ging dann zurück an ihre Spüle zum restlichen Schmutzgeschirr. Anja ließ sich die Sätze ihrer Mutter durch den Kopf gehen. Ja, sie hatte recht. Sie musste mit Alexander reden. Und zwar sobald wie möglich.

„Na, was treibst du so ganz ohne mich?"
Ronja lag auf ihrem Bett, hatte die Beine
senkrecht an die Wand gelegt und jetzt schon
fünfmal einen neuen Satz angefangen.
Verdammt, es konnte doch nicht so schwer
sein seinem Freund zu schreiben. Ein kleiner,
witziger, wohlklingender Satz, bei dem er
beim Lesen lächeln musste. Mehr wollte sie
doch gar nicht. Sie starrte auf den
Handybildschirm und beschloss, den Satz jetzt
einfach abzuschicken. Und bereute es keine
fünf Sekunden später auch schon wieder.
Klang das jetzt nicht eher so, als wollte sie ihn
kontrollieren? Nicht, dass er dachte, sie wäre
so ein kleines Klammeräffchen, dass keinen
Tag ohne seinen Freund aushielt. Na gut,
abgeschickt ist abgeschickt, jetzt konnte sie es
auch nicht mehr ändern. Sie scrollte sich
einmal quer durch Facebook und durch
Instagram und schrieb dann Lena an. Sie
hatten sich bis jetzt immer dann getroffen,
wenn Ronja in Wald-Michelbach war und Lena
Zeit hatte. Heute Nachmittag wollten sie das
auch, nächstes Wochenende würde es nicht
klappen. „He Süße, wann sehen wir uns?" Sie
schickte eine Winkehand hinterher und
wartete auf Nachricht ihrer besten Freundin.
Die folgte prompt. „Ich bin gegen halb vier
wieder daheim, kommst du rum?" Ronja

tippte mit flinken Fingern „Na und ob, freu mich, bis dann", versah die Nachricht mit fünf Küsschen-Emojis und schickte sie ab. Gerade als sie vom Bett aufgestanden war um sich umzuziehen piepste ihr Handy erneut. Nico! „Na Traumfrau? Schön von dir zu hören. Ich bin mit einem Kumpel unterwegs, wir wollen später noch was trinken gehen........du fehlst mir!"

Ok, jetzt musste SIE lächeln. Sie rief sich ins Gedächtnis, wie er sie gestern zum Abschied geküsst hatte und hatte alleine bei dem Gedanken daran wieder ziemlich viele Schmetterlinge im Bauch. Sie setzte sich zurück aufs Bett und schrieb „du mir auch...... ich freue mich, wenn wir uns wieder sehen. Ich habe am Montag Spätdienst, und du?" Sie überlegte, ob sie ihn auch gleich wegen dem Geburtstag ihres Papas kommendes Wochenende fragen sollte. Aber dann verwarf sie den Gedanken, sie würde ihn Anfang der Woche lieber persönlich fragen. Da piepste es wieder. „Ich auch, ich bin auf der „Infekt" die nächste Woche. Wäre schön, wenn wir uns vielleicht kurz sehen würden. Wann bist du wieder in Dossenheim?" Sie überlegte, sie wusste ja noch nicht genau, wann Anja wieder daheim sein wollte. Die musste nämlich noch die Kinder bei Reiner holen. Also schrieb sie

„ich melde mich bei dir, wenn ich wieder da bin, wahrscheinlich irgendwann morgen gegen Nachmittag. Ich wünsche dir noch viel Spaß heute Abend...." Sie schickte die Nachricht ohne weitere Liebesbekenntnisse ab, irgendwie tat sie sich da noch etwas schwer. Obwohl sie Nico wirklich wahnsinnig vermisste und unheimlich gerne bei ihm wäre. Aber sie freute sich jetzt auch auf Lena und sie genoss die Zeit zuhause mit ihren Schwestern und ihren Eltern. Als Antwort kam ein großes rotes Herz und ein Kuss-Emoji. Wieder musste sie lächeln, dann öffnete sie ihre Schranktüren und suchte nach einem gemütlichen Pullover. Mathilda schüttelte unwillig den Kopf. Warum konnte dieses Kind nicht einmal wie ein normaler Mensch die Treppe runter laufen. Wenn Ronja die Stufen herunter polterte hörte es sich an, als wären Elefanten aus dem Zoo ausgebrochen. Sie kam zu ihrer Mutter ins Wohnzimmer, die hatte es sich mit einem Buch auf der Couch gemütlich gemacht, ihr Vater schaute gerade eine Dokumentation über die Pflege von Rhododendron-Büschen. „Ich geh ein bisschen zu Lena, wann gibt´s essen?" Ihr Vater grinste, ihre Mutter schnaubte. „Man könnte meinen, ihr kommt alle nur zum Essen heim. Was machen eigentlich deine Schwestern?" Ronja zuckte mit den Schultern. „Ich glaube, Finja hat sich hingelegt. Und Anja wollte noch nach Affolterbach zu einer Bekannten. Ich geh jetzt, ich bin spätestens so gegen halb sieben zurück. Reicht das, um in den Genuss einer mütterlichen Mahlzeit zu kommen?" Sie verzog die Mundwinkel zu einem frechen Grinsen. Mathilda blinzelte sie an. „Wenn du noch frisches Brot und Würstchen mitbringst ja. Dann mach ich Kartoffelsuppe." Ronja leckte sich über die Lippen. „Au ja, super. Dann nehme ich das Auto mit und geh gleich noch einkaufen. Bis später." Sie winkte ihren Eltern zu, schnappte sich im Rauslaufen ihre Jacke und den Autoschlüssel und lief zu ihrem kleinen schwarzen Corsa, ihrer „Rennsemmel". Sie hoffte, er würde auf Anhieb anspringen, schließlich stand er die ganze Woche über hier nur rum und es war ziemlich kalt. Sie drehte den Schlüssel im Zündschloss und sofort war ihr fahrbarer Untersatz startklar. Aufatmend schnallte sie sich an und machte sich auf den Weg in den ortsansässigen Lebensmittelmarkt. Sie befürchtete, dass sie das sonst bis nachher vergessen hatte. Und im Auto würden die Würstchen heute bestimmt nicht schlecht werden. Draußen hatte es Kühlschranktemperaturen, wenn nicht sogar noch darunter. Sie flitzte durch die Gänge, holte Würstchen, packte Schokolade in ihren Einkaufskorb (für später) und ließ sich an der Kasse noch Zigaretten geben. Dann besorgte sie beim Bäcker noch das gewünschte Brot, verstaute alles im Auto und fuhr zu Lena. Es war zwar erst viertel nach drei, aber vielleicht war Lena ja schon daheim. Tatsächlich, der rote Opel Adam stand in der Einfahrt. Lena parkte, stieg aus und klingelte. Komisch, niemand öffnete. Weder Lena noch ihre Mutter Katrin schienen da zu sein. Sie klingelte nochmal, dieses Mal etwas energischer und länger. Nichts! Hm, seltsam. Gut, dann würde sie eben noch die Viertelstunde warten. Nach fünf Minuten beschloss Ronja, sich ins Auto zu setzten und es laufen zu lassen. Es war wirklich bitterkalt. Um kurz nach halb vier parkte ein schwarzer BMW M6 vor der Einfahrt zu Lenas Haus. Ronja guckte kurz, das Auto war echt schnittig und der Besitzer offensichtlich ein ziemlich wohlhabender, wenn auch auf den ersten Blick leicht schmieriger Typ. Sie hatte dieses Auto vor Kurzem schon mal auf Lenas Instagram Profil gesehen und sich aber nicht wirklich viel dabei gedacht. Außerdem war sie da gerade mit Nico unterwegs gewesen und hatte daher ihre Gedanken ganz woanders gehabt. Dann riss sie erstaunt die Augen auf. Lena stieg auf der Beifahrerseite aus, warf dem Fahrer noch eine Kusshand zu und schloss dann die Tür. Im selben Moment wurde sie Ronja gewahr, die immer noch staunend in ihrem laufenden Auto saß. Sie winkte ihr zu und forderte sie per Handbewegung zum Aussteigen auf. Ronja stieg aus, schloss ab, ging zu Lena und umarmte sie. „Alter, was war das denn gerade?" Lena grinste schelmisch. „Jetzt komm erst mal rein bevor wir hier festfrieren. Dann erzähl ich dir alles."

Lena schloss die Haustüre auf und ließ Ronja eintreten. Die machte sich schnurstracks auf den Weg ins Wohnzimmer und setzte sich dort in einen Sessel. „Willst du was trinken?" rief Lena aus der Küche. „Einen Tee würde ich nehmen, wenn´s keine Umstände macht" rief Ronja zurück. Sie sah sich um. Weder Lena noch ihre Mutter Katrin hielten viel von Ordnung. Da stand ein Teller mit einem Rest Käsebrot, daneben ein halbvolles Glas Rotwein. Der Aschenbecher auf dem verschmierten Glastisch quoll fast über, die Luft roch abgestanden und miefig. Überall auf den Schränken lag eine feine Staubschicht und der Teppich hätte sich bestimmt über eine kleine Massage mit der Staubsauger- bürste gefreut. Aber die beiden schien das alles nicht sonderlich zu stören. Ronja hatte nur irgendwie das ungute Gefühl, als würde es mit jedem mal ein wenig schlimmer aussehen. Fast bereute sie es schon, dass sie Lena um einen Tee gebeten hatte. Sie traute mittlerweile dem hygienischen Zustand der Tassen und der Küche im allgemeinen nicht wirklich. Aber sie blieb sitzen, besser sie sah sich das nicht an. Lena kam mit zwei Tassen in der Hand zu ihr ins Wohnzimmer, beide dampften. „Ich habe uns einen Früchtetee gemacht, ich hoffe, das war in Ordnung. Warte, ich hole noch Zucker." Sie stellte die Tassen auf den Tisch und ging erneut in die Küche, um gleich darauf mit einer Zuckerdose wiederzukommen. Sie setzte sich Ronja gegenüber auf die Couch. „Du siehst heiß aus. Wer war der Typ im BMW?" Ronja kam ohne Umschweife aufs Thema zurück, ihre Neugierde war riesig. Und Lena sah wirklich scharf aus. Sie trug ein schwarzes, enganliegendes, kurzes Wollkleid mit breitem U-Boot Ausschnitt und dazu schwarze Stiefel, die ihr bis zu den Oberschenkel gingen. Die Haare hatte sie nach oben gegelt, die Augen waren dramatisch geschminkt, die Lippen glänzten tiefrot. Alles in allem ziemlich „overdressed" für einen gewöhnlichen

Samstag Nachmittag. „Also, ich will alles wissen. Und lass bloß keine Details aus!" Sie setzte sich in den Schneidersitz und schaute ihre Freundin erwartungsvoll an. Die machte ein Gesicht wie eine Katze nach einer Schüssel voll Milch. Fehlte nur noch, dass sie sich die Lippen leckte. „Der Typ heißt Giovanni, ist Italiener und 27 Jahre alt. Er kommt aus Mannheim, sein Vater hat dort eine Pizzeria. Wir haben uns vor zwei Wochen kennengelernt, weil ich mir bis zum Abitur noch ein wenig Geld in den Ferien dazuverdienen wollte und in Weinheim beim Rewe nach einem Ferienjob gefragt habe. Ich habe mit der Marktleitung gesprochen und wollte mir danach noch einen Kaffee und ein belegtes Brötchen mitnehmen. Er stand in der Schlange beim Bäcker und hat mich mit seinen schwarzen Augen förmlich durchbohrt. Ich hatte richtig Gänsehaut, so hat der geguckt. Dann hat er mich angesprochen, ob ich mit ihm einen Kaffee trinken würde. Und was soll ich sagen? Ich hatte ja Zeit, also hab ich ja gesagt. Wir sind dann so ins Gespräch gekommen und eine Stunde später hatten wir Nummern ausgetauscht. Letztes Wochenende haben wir uns dann bei ihm getroffen. Ronja ich sag´s dir, der Typ ist einfach nur hot. Einen Knackarsch vorm Herrn, vom Rest ganz zu schweigen." Ronja hielt sich das Sofakissen vors Gesicht, aus Angst rot zu werden, und bereute das sofort. Oh mein Gott, das roch ja widerlich! Sie warf es in die Ecke und forderte Lena mit Blicken dazu auf, weiter zu erzählen. Die ließ sich natürlich nicht zweimal bitten. „Der kann vielleicht küssen, ich dachte beim ersten Mal, ich schmelze dahin. Und er benutzt ein sauteures Parfüm, das habe ich meistens Stunden später noch in der Nase. Und auch sonst überall. Der ist echt unersättlich, wie ein wilder Hengst. Und auch so ähnlich gebaut..."

„Oh mein Gott Lena, ich glaube, jetzt wird's dann doch ZU detailliert. Bei dir brauche ich irgendwann mal so ein Blitzdings, so wie der von den „Men in Black". Was arbeitet denn dein wohlriechender Hengst?" Ronja war, trotz ihrer ganzen chaotischen und leicht planlosen Art, dann doch eher die Pragmatischere der beiden. Sie wollte sich gerade etwas Zucker in ihren Tee tun, verwarf ihren Plan aber sofort wieder als sie sich die Zuckerdose genauer ansah. Lena guckte leicht enttäuscht, man merkte ihr an, dass sie gerne noch mehr von den Qualitäten ihres neuen Lovers berichtet hätte. „Das kann ich dir, ehrlich gesagt, gar nicht wirklich sagen. Immer, wenn ich ihn bisher gefragt habe, hat er abgeblockt und gemeint „Lass mal Süße, davon verstehst du ja doch nichts. Auf alle Fälle muss er einen Haufen Kohle verdienen, guck mal, was er mir heute gekauft hat." Lena ging in den Flur und kam mit einer Handtasche wieder. Sie war nicht sonderlich groß, braun und hatte ein seltsames Muster. Ronja rümpfte die Nase. „Was soll das denn sein? Die ist ja mal hässlich." Lena schnaufte aufgeregt. „Hässlich?? Hast du auch nur die leise Ahnung, was die gekostet hat? Das ist eine echte „Luis Vuitton". Giovanni hat dafür 840 Euro hingeblättert, bezahlt hat er mit einer schwarzen Kreditkarte. Weißt du was das heißt?? Der Typ stinkt vor Kohle. Er hat mit versprochen, wir fahren nächstes Wochenende nach St. Moritz. Da tummeln sich die Reichen und Schönen. Er besitzt dort ein kleines Chalet mit Pool und allem drum und dran. Genau das Richtige für ein paar entspannte Tage, wenn du weißt, was ich meine." Sie zwinkerte Ronja zu. Die beschlich irgendwie ein leicht ungutes Gefühl, sie wusste nicht mal wirklich, warum. Sie sah ihre Freundin leicht besorgt an. „Lena, versprich mir, dass du auf dich aufpasst, ja? Das klingt für mich alles sehr seltsam, was will so ein reicher, gutaussehender Italiener ausgerechnet mit einer armen Abiturientin

wie dir, aus ´nem kleinen Ort wie unserem?"
Lena giftete zurück, die Augen zu wütenden
Schlitzen zusammengezogen. „Ach ja?
Vielleicht weil ich gut aussehe, Stil habe und
weiß, wie man Männer verführt? Auf alle Fälle
hat er mit mir erheblich mehr Spaß, als er mit
so einer spießigen Person wie dir jemals
haben würde. Oder hast du es mit Nico
mittlerweile schon mal bis ins Bett geschafft?"
Lena sprühte vor Zorn, Ronja war völlig
perplex und schnappte empört nach Luft. Was
passierte denn hier gerade? Sie stand auf und
machte einen Schritt auf Lena zu. „Ich weiß
zwar nicht, was für Pillen ihr zusammen
einwerft, aber DIR scheinen sie auf alle Fälle
überhaupt nicht gut zu tun. Ich finde es
einfach nur peinlich, wie du dich aufführst
und was du so gerade von dir gibst. Und ja, ich
finde auch die Tasche grässlich, sieht aus wie
so ´ne Altfrauen-Tasche. Ich mag vielleicht
nicht so viel „Stil" haben wie du, aber mir ist
da meine zehn Euro Tasche vom Flohmarkt
tausendmal lieber. Und ich muss mich auch
nicht aufführen wie eine vom Straßenstrich,
nur um bei den Männern gut anzukommen.
Nein, ich war noch nicht mit Nico im Bett und
weißt du auch warum? Ich kann auf den
richtigen Moment warten und er auch. Ich
wünsche dir auf alle Fälle viel Spaß in St.

Moritz, hoffentlich brichst du dir nichts, Skifahren ist ja bekanntlich nicht unbedingt deine Stärke. Obwohl, zum „Skifahren" werdet ihr ja wohl auch eher nicht kommen, bei euch hat „um Stangen wedeln" ja wohl eine ganz andere Bedeutung. Vielleicht kommst du irgendwann ja mal wieder zur Vernunft, dann weißt du ja, wo du mich findest." Ronja schnappte sich ihre Jacke und stampfte Richtung Tür. „Ach, noch was. Ich an deiner Stelle würde es vermeiden, ihn hierher einzuladen. So ein verwöhnter Schnösel würde vor eurem Saustall schneller die Flucht ergreifen, als du mit deinen Sauerkrautstampfern hinterherkommst." Mit diesen Worten drehte sie Lena den Rücken zu und stob aus der Haustür. Mit einem lauten Krachen ließ sie sie zufallen und rannte fast zu ihrem Auto. Sie atmete schwer, als hätte sie einen Marathon hinter sich, so sehr hatte sie sich jetzt aufgeregt. Was bildete diese hohle, blöde Kuh sich eigentlich ein?? Ronja fuhr nach Hause, parkte ihr Auto und besah sich kurz im Rückspiegel. Ihr Gesicht war rot vor Aufregung, ihre Augen glänzten immer noch vor Wut. Und von ein paar kleinen Tränen, die ihr der Zorn in die Augen getrieben hatte. Langsam stieg sie aus und ging auf das Haus ihrer Eltern zu. Anjas Kombi stand auf dem

Parkplatz, sie war also auch wieder zurück. Ronja wusste, ihre Mutter würde fragen, was mit ihr los sei. Sie hatte ihre Emotionen meistens im Gesicht stehen und heute sogar wieder ziemlich deutlich. Sie schloss die Haustür auf und rief kurz in den Flur „bin wieder da". Eigentlich hatte sie vorgehabt, hoch in ihr Zimmer zu gehen und vielleicht nochmal Nico anzuschreiben. Aber ihr Vater kam gerade aus der Küche. Na Spätzchen, war es schön bei Lena?" Er sah seinen Mädels zwar auch oft an, wenn etwas mit ihnen nicht stimmte, aber hielt sich dann erst mal zurück. Wenn sie etwas zu erzählen hatten kamen sie ja meistens von alleine, die Erfahrung hatte er bei allen dreien gemacht. Auch jetzt fiel ihm auf, dass seine Jüngste sich wohl über irgendetwas ziemlich aufgeregt hatte, er hielt aber wohlweislich lieber seinen Mund. „Hast du an die Sachen gedacht, um die Mama dich gebeten hatte?" Ronja schlug sich an die Stirn. Richtig, da war noch was. „Ich habe alles noch im Auto, ich geh gleich nochmal runter." Georg zog sich seine Jacke über. „Ich wollte eh kurz in den Keller und noch eine rauchen. Wenn du mir den Schlüssel gibst hol ich sie raus." Dankbar wühlte Ronja in ihrer Tasche und drückte ihrem Papa den Schlüsselbund in die Hand. „Das ist super, danke. Ich geh schnell duschen, dann komm ich runter und helfe Mama beim Essen machen." Während ihr das heiße Wasser über der Dusche wohltuend über den Kopf und den Körper rann und sie die Augen geschlossen hatte, dachte sie nochmal über die seltsame Szene mit Lena nach. Sie kannte ihre Freundin schon ewig, Männer waren bei ihr schon sehr früh immer eine gern gesehene Abwechslung. So richtig ernst hatte sie es aber bisher mit noch keinem genommen. Aber so dermaßen übertrieben und mit offensichtlichen Scheuklappen auf beiden Augen kannte sie sie nun auch nicht. Lena erschien ihr, als hätte sie jeglichen Sinn für Realität verloren. Und das irritierte Ronja maßlos. Das war doch früher nicht so. Da konnten sie beide mit solchen Schnöseln wie diesem Giovanni nichts anfangen. Jetzt führte sie sich auf, als wäre dieser Macho-Italiener das absolut Gelbe vom Ei und der Traum ihrer schlaflosen Nächte. Ronja drehte das Wasser ab und stieg aus der Dusche um sich abzutrocknen und anzuziehen. Sie beschloss, das Ganze vorerst aus der Ferne zu beobachten, immerhin postete Lena ständig irgendwelche Neuigkeiten auf Instagram. Sie würde also, jedenfalls indirekt, immer auf dem Laufenden bleiben. Und vielleicht hatte sie in ein paar

Wochen ihren eigentlich gesunden, klaren Menschenverstand wieder und hörte auf, auf so einen Blender hereinzufallen. Wobei Ronja jetzt natürlich umso mehr interessieren würde, was dieser Typ ausgerechnet von Lena wollte. Sie klappte ihr Laptop auf und begann ein wenig zu „stalken". Lena hatte diesen Giovanni schon ein paarmal auf Bildern verlinkt und so war es für Ronja ein Einfaches auf sein Profil zu gelangen. Dort fand sie Bilder, die sie eigentlich fast nicht anders erwartet hätte. Protzige Karren, viele schöne Frauen, Typen mit Pilotbrillen, die anstatt zum Friseur besser in eine Autowerkstatt gehen sollten, weil ihre Frisuren eher einen Ölwechsel als eine Haarwäsche nötig hatten. Auf jedem dieser Bilder sah man, dass hier Geld in Strömen floss, man konnte nur nicht nachvollziehen, woher es kam. Ronja wurde es beim Betrachten der Bilder mulmig, sie hatte ein echt ungutes Gefühl. Aber sie konnte Lena schlecht warnen, die hätte ihr mit Sicherheit einfach nur Neid unterstellt. Nun gut, dann abwarten und die Sache weiterverfolgen. Sie schlüpfte in einen bequemen, kuscheligen Overall und ging runter zu ihrer Mutter in die Küche. Die hatte mittlerweile schon wieder Kartoffeln geschält und suchte gerade Zwiebeln aus dem Netz

neben der Spüle. „Kann ich dir was helfen?"
Ronja umarmte ihre Mutter von hinten und
schaute ihr über die Schulter. Mathilda
drückte kurz die Hände ihrer Tochter und
meinte dann „wenn du magst kannst du den
Sellerie schälen und schneiden und die
Petersilie waschen. Den Rest mache ich. Und
du könntest Anja und Finja fragen, ob sie
decken wollen. Euer Vater wollte noch ein
wenig Salz streuen, es scheint doch wieder
ziemlich kalt und glatt zu werden." Ronja
flitzte wieder die Treppen nach oben und
klopfte jeweils bei Anja und bei Finja an die
Tür. „Mama und ich machen jetzt essen,
könnt ihr dann decken?" Finja steckte den
Kopf durch die Tür. „Ja, ich komme gleich. Ich
muss nur noch mal schnell telefonieren." Bei
Anja tat sich nichts. Ronja klopfte nochmal.
Dann öffnete sie vorsichtig die Tür. „Alles gut
bei dir?" Sie trat ins Zimmer, Anja saß vorne
am Fenster in einem Sessel, die Beine aufs
Fensterbrett gelegt. Sie hatte Kopfhörer auf
und deshalb Ronja weder klopfen noch
reinkommen hören. Dementsprechend
machte sie jetzt einen erschrockenen Satz und
wäre fast vom Sessel gefallen. „Meine Güte
Noni, spinnst du?? Ich hätte fast 'nen
Herzinfarkt bekommen." Sie hielt sich die
Hände an die linke Brust und atmete schwer.

Ronja schaute leicht zerknirscht auf den Boden. „Ja, sorry, tut mir leid. Ich wollte nur fragen, ob du auch mit runter kommst zum decken. Mama und ich kochen jetzt." Anja nickte. „Ich komme gleich, fünf Minuten." Sie setzte die Kopfhörer auf und drehte sich wieder zum Fenster hin. Ronja schlich leise raus. „Hast du deinen Schwestern Bescheid gesagt?" Mathilda hatte mittlerweile die Brühe für die Suppe angesetzt und suchte nach Brühwürfeln. Ronja sah interessiert zu. „Ja, die kommen gleich. Sag mal, würdest du mir vielleicht den ein oder anderen Handgriff am Herd beibringen? Dann wäre ich nicht ganz so aufgeschmissen, wenn Anja mal ausfällt." Mathilda freute sich, endlich hatte mal eines ihrer Kinder ein kleines bisschen Interesse an der Küchenarbeit. Wenn es auch nur DEM Zweck diente, im Notfall nicht zu verhungern. „Klar zeige ich dir gerne wie man kocht. Es muss ja nicht gleich „Boeuf Stroganoff" oder „Ente á l´Orange" sein. Ich denke, so ein paar Grundkenntnisse würden euch allen nicht schaden. Dann fangen wir am besten gleich mit der Kartoffelsuppe an." Ronja und sie vertieften sich in die Geheimnisse von Sellerie, Karotten, Gewürzen und Kochzeiten. Und ungefähr eine Dreiviertel Stunde später stand ein großer Topf leckerer

Suppe mit Würstchen auf dem Esszimmertisch. Ronja war stolz, als hätte sie ein Sieben-Gänge Menü alleine gekocht. Gönnerhaft sagte sie zu Anja „ich lass mir das jetzt von Mama beibringen und dann musst du dich in Zukunft nicht mehr um Küche und die Essensherstellung kümmern. Das ist dann MEINE Sache. Ich fand das zugegebenermaßen gerade richtig spannend mit Mama zu kochen und ärgere mich fast, dass ich nicht schon ein wenig früher damit angefangen habe." Der Rest am Tisch musste lachen, dass war wieder mal typisch Ronja. Sie konnte sich von jetzt auf gleich für ein Thema absolut begeistern, oft genug aber flaute der Enthusiasmus genauso schnell ab, wie er gekommen war. Dementsprechend nahm hier keiner dieses „Versprechen" wirklich ernst. Wenn sie wüssten, wie sehr sie sich da doch dieses Mal täuschten….

Als Mathilda und Georg spät am Abend unten das Licht löschten und hoch in ihr Schlafzimmer gingen, war in den Zimmern ihrer Mädels schon Ruhe eingekehrt. „Was macht dein Rücken?" Mathilda sah Georg besorgt an. Der winkte ab. „Das geht schon, ich habe ja nächste Woche den MRT Termin, dann sind wir schlauer. Komm Mamutschka, leg dich zu mir. Wenn die Mädels da sind herrscht hier immer so eine unglaubliche Unruhe." Georg streckte sich im Bett aus und stöhnte erleichtert. „Ahh, das tut gut. Was hast du?" Er sah seine Frau fragend an. Die stand mitten im Schlafzimmer und schnüffelte in der Luft herum. „Hm, keine Ahnung, aber irgendwie riecht es hier extrem nach Essig. Dabei kann das ja eigentlich gar nicht sein." Sie legte sich neben Georg und klopfte sich ihr Kissen zurecht. Ihr Mann musst sich stark beherrschen nicht laut loszulachen und damit sich und vor allem Ronja zu verraten. Seine Frau roch sehr wahrscheinlich das Silikon, mit dem er, mehr oder weniger fachmännisch, die große Bodenvase wieder repariert hatte. Sie kuschelten sich zusammen und schliefen Arm in Arm ein.

„Du hast nicht zufällig Lust, mich am Samstag auf den Geburtstag von meinem Papa zu begleiten, oder?" Ronja saß mit Nico auf einer Bank vor der Kinderklinik. Sie hatten beide Spätdienst, wenn auch auf verschiedenen Stationen. Ihre kurze Pause verbrachten sie aber heute dafür gemeinsam. Es hatte über Nacht leicht geschneit und Ronjas Zähne klapperten in ihrem dünnen Schwesternkittel. Nico sah sie besorgt an. „Komm, wir gehen kurz runter in die Cafeteria, hier draußen muss ich dich sonst nachher noch mit „Enteiserspray" von der Bank kratzen." Er nahm sie an die Hand und zusammen liefen sie über die Treppe ins Untergeschoss. Dort herrschte reger Trubel, die meisten blieben heute lieber im Warmen. Bis auf ein paar vereinzelte Raucher, die gezwungenermaßen raus an die Luft mussten, um ihrer Sucht zu frönen. „Wer kommt denn da alles auf den Geburtstag von deinem Vater?" Nico kratzte sich am Hinterkopf, so richtig begeistert sah er nicht gerade aus. „Meine Schwestern, die beiden Kleinen und wahrscheinlich eine Freundin von Mama. Mehr nicht. Alles Menschen, die im Normalfall keiner Fliege etwas zu Leide tun. Wir gehen essen ins „Dynastie". Also du musst auch nicht, war ja nur ´ne Frage!" Ronja bemerkte Nicos

Unentschlossenheit und überlegte sich gerade, ob sie sich jetzt darüber ärgern oder Verständnis haben sollte. „Nein, weißt du was? Ich komme mit. Zur Not ergreife ich einfach die Flucht, wenn´s zu anstrengend wird. Von Weinheim nach Altenbach ist es ja nicht sooo weit." Er schmunzelte spitzbübisch und drückte der verdutzten Ronja einen schnellen Kuss auf die Wange. Öffentliche Intimitäten unter Kollegen waren nicht sonderlich gerne gesehen, aber gegen einen kleinen, verstohlenen Kuss hatte bestimmt niemand etwas einzuwenden. Ronja knuffte ihn liebevoll in die Seite. „Super, dann sage ich Mama gleich später noch Bescheid. Komm, ich brauche noch was zu futtern bevor ich weitermachen kann. Ich bin schon völlig unterzuckert." Sie sah Nico mit einem so mitleiderregendem Blick an, dass dieser sich genötigt fühlte seiner Freundin in Windeseile ein belegtes Brötchen und einen Schokoriegel zu beschaffen. Nach der kurzen, erholsamen Pause gingen beide wieder ihrer Wege. Er auf die Infektstation und Ronja wieder zurück auf die „Gastro". Dort war sie noch bis Ende des Monats eingesetzt, dann hatten sie erst mal wieder ein paar Wochen Schule. Die Arbeit gefiel ihr immer noch sehr, nur bekam sie hin und wieder das seltsame Gefühl, als wenn ihr irgendetwas fehlte. So richtig angekommen fühlte sie sich noch nicht. Klar, es machte Spaß und die Kollegen waren echt alle super nett. Aber ihr fehlte mittlerweile morgens der Enthusiasmus und das zufriedene Gefühl, wenn sie an die Arbeit dachte. Gut, sie war erst seit knapp einem viertel Jahr dabei, vielleicht war das am Anfang halt so. Alles war neu, vieles war anstrengend, manches nicht so wie gedacht. Sie würde einfach mal abwarten müssen, ob das sich das eher neutrale Gefühl wieder in Spaß und Freude an der Arbeit umwandeln ließ. „Sag mal, träumst du am helllichten Tag?" Die Stationsschwester sah Ronja unzufrieden an. „Ich habe dich jetzt schon dreimal darum gebeten, in der „fünf" die Essenstabletts weg zu räumen und bei Jeremy nochmal den Blutdruck zu messen. Löcher in die Luft gucken kannst du in deiner Freizeit!" Ronja blickte zerknirscht zu Boden. Na super, das hatte ihr heute gerade noch gefehlt. Mit Schwester Hildegard war im Allgemeinen nicht gut Kirschen essen, aber auf Ronja hatte sie sich offenbar eingeschossen. „Ich mach ja schon, ich bin schon auf dem Weg" murmelte Ronja und verzog sich schleunigst aus der Schusslinie. Im Laufen hörte sie Hildegard zu einer anderen Schwester sagen „die Jugend wird auch immer fauler und antriebsloser. Zu meiner Lehrzeit hätte es diese Rumlungerei nicht gegeben, da wehte ein ganz anderer Wind!"

„Ja", dachte Ronja grimmig „zu deiner Zeit hat man Patienten auch noch mit der Holzhammermethode narkotisiert." Sie straffte die Schultern und klopfte an der Zimmertür. Jeremy freute sich sie zu sehen. Bei den kleinen Patienten war Ronja sehr beliebt, man mochte sie wegen ihrer mitfühlenden und lustigen Art. „Na du Superheld, was macht der Bauch?" Jeremy war wegen unklaren Bauchschmerzen hier, hatte immer wieder starke Durchfälle und Krämpfe. Die Ärzte vermuteten einen Morbus Crohn und wollten die nächsten Tage ein paar Tests durchführen. Jeremy war 10 Jahre alt und mittlerweile seit drei Tagen hier. „Es geht, wenn ich was gegessen habe zwickt es ganz oft ziemlich doll." Ronja legte die Blutdruckmanschette an und begann zu messen. Jeremy sah ihr neugierig zu. Der Monitor zeigte das Ende der Messung an und Ronja nahm Jeremy die Manschette wieder ab. Seine Mutter lächelte ihr zu und fragte „Wissen Sie, wie es jetzt die nächsten Tage weitergeht?" Ronja schüttelte den Kopf. „Leider nein, ich bin nur eine Lernschwester und darf Ihnen darüber keine Auskünfte erteilen. Aber ich schicke Ihnen gerne nachher nochmal die Stationsschwester, die weiß das bestimmt besser." Die weiß ALLES besser, dachte Ronja sich im Stillen. Sie öffnete die Tür und räumte noch die beiden Tabletts raus, auf denen das Mittagessen gestanden hatte. Danach begleitete sie Schwester Andrea, die einen kleinen Patienten zu einer Untersuchung brachte. Der Nachmittag tröpfelte so vor sich hin. Hin und wieder guckte sie verstohlen auf ihr Handy. Sie hoffte auf eine Nachricht von Nico. Aber offenbar hatte der ziemlich viel zu tun, jedenfalls hatte er auf ihr „Herz-Emoji" von vor einer Stunde noch nicht reagiert. Sie wusste, es würde Ärger geben, wenn Hildegard sie mit dem Handy in der Kitteltasche erwischte, aber heute war es ihr egal. Sie freute sich auf ihren Feierabend.

Gegen 21 Uhr betrat sie Anjas Haus, schloss die Haustür und lehnte sich aufatmend dagegen. Anja kam aus der Küche, sie hatte heute fast den ganzen Tag arbeiten müssen und war dementsprechend müde und erschöpft. Sie hatte gegen siebzehn Uhr die Kinder bei Else geholt, war noch einkaufen gewesen und hatte sich zum Abendessen einen großen Salat gemacht. Leonie und Lennox hatten zum Glück schon bei ihrer Oma gegessen. Jetzt stand sie im Schlafanzug im Türrahmen und beobachtete Ronja. „Du siehst genervt aus. Alles gut?" Auch Anja besaß diese Gabe, ihren Mitmenschen anzusehen, wenn etwas nicht stimmte. Ronja zog sich Jacke und Schuhe aus und ging an ihrer Schwester vorbei in die Küche. Hier war es überall gemütlich warm und sofort stellte sich bei Ronja eine Müdigkeit ein die man kannte, wenn man vom Kalten ins Warme kam. Sie setzte sich auf einen Küchenstuhl und streckte die Beine von sich. „Gibt´s noch irgendwas zu essen?" Anjas Frage überging sie zunächst, sie hatte Hunger und wusste ja auch eigentlich selbst nicht, warum sie gerade so unzufrieden war. „Es ist noch ein bisschen Salat da wenn du magst. Ansonsten kann ich dir nur Brot anbieten. Vielleicht könntest du morgen mal einkaufen gehen. Ich schreibe dir auf, was wir alles brauchen." Ronja stand auf und hob den Deckel von der großen Schüssel, auf die Anja zeigte. Darin befand sich ungefähr noch fünf Gabeln voll Salat, in ziemlich matschigem Allgemeinzustand. Sie rümpfte kurz die Nase und öffnete dann die Kühlschranktür. Aber auch da wurde sie nicht zu allzu großen Begeisterungsstürmen hingerissen. Da standen noch zwei Joghurt, zwei Wurstkonserven und ein angebrochener

Pack mit Käseaufschnitt. Ronja seufzte tief. „Okay, überredet. Ich gehe morgen früh einkaufen. Und morgen Abend mache ich uns Pizza. Ich habe ausnahmsweise nur bis um sechs Dienst, da bin ich etwas früher wieder da. Einverstanden?" Anja nickte. „Das klingt nach einem Plan. Ich gehe jetzt ins Bett, ich habe morgen früh um acht Dienst und die Kiddies müssen vorher noch in die Schule und in die Kita. Außer du magst mir noch was erzählen....." Anja lehnte sich in abwartender Position an den Küchentisch. Ronja überlegte kurz, ob und vor allem WIE sie Anja erklären sollte, was gerade in ihr vorging, entschied sich aber dann dagegen. „Ne, alles gut. Geh ruhig schlafen, wir sehen uns dann morgen Abend. Gute Nacht, schlaf gut." Anja gähnte, winkte, rief „Gute Nacht" und schlich sich in ihr Schlafzimmer. Ronja blieb noch einen Moment gedankenversunken am Küchentisch sitzen und dachte über ihre Ausbildung nach. In diesem Moment piepste ihr Handy. „Na Traumfrau? Bist du gut nach Hause gekommen?" Nico. Sie sah auf die Uhr. Es war mittlerweile halb zehn. Er hatte die ganze Zeit noch nicht auf ihre Nachricht reagiert, auch nicht auf die, in der sie ihm gesagt hatte, dass sie jetzt Feierabend hatte und an die Bahn laufen würde. Jetzt war sie in Versuchung, ihn zu fragen, warum er noch keine Zeit zum antworten gehabt hatte. Sie wusste ja selbst am besten, dass man als Schüler immer mal etwas mehr Luft im Stationsablauf hatte als zum Beispiel die Examinierten. Klar wusste sie auch, dass Handys eigentlich verboten waren, aber mal ehrlich: wer hielt sich denn schon daran? Sie überlegte auch, ihm heute gar nicht mehr zu antworten, er sollte ruhig merken, dass sie sauer war. Dann aber merkte sie, dass so ein Verhalten wohl einigermaßen kindisch sei und antwortete ihm deshalb „ja, bin seit gut einer halben Stunde daheim. Und du?" Diese mal kam die Antwort ziemlich prompt.

„Ich bin noch mit Thomas ins Fitnessstudio, ein bisschen trainieren. Sehen wir uns morgen wieder in der Pause?" Ronja blies die Backen auf, gerade hätte sie ihn nur zu gerne mal über zahlreiche, passende Emoji angemotzt. Und sie wusste eigentlich selbst nicht genau, warum. Er war ihr doch keine Rechenschaft schuldig, schließlich waren sie ja nicht verheiratet und auch erst seit ein paar Wochen richtig zusammen. Also atmete sie tief durch und schrieb zurück „klar, sehr gerne. Ich freu mich auf dich. Dann trainiere mal noch schön, schlaf später gut und träum was Süßes!" Sie versah die Nachricht mit zwei

Herzchen und zwei Küsschen und schickte sie mit einem tiefen Aufseufzer ab. „Wenn ich Glück habe träume ich ja vielleicht von dir… Gute Nacht Traumfrau!" Seine letzte Nachricht ließ sie lächeln. Dann schmierte sie sich ein Käsebrot und machte sich noch einen Tee. Mit Teller und Tasse beladen ging sie hoch in ihr Gästezimmer, legte sich ins Bett und schnappte sich das Buch, in dem sie zuletzt gelesen hatte.

Zwei Türen weiter lag Anja noch wach. Sie schob schon den ganzen Tag eine Antwort an Alexander vor sich her. Der hatte ihr heute morgen schon geschrieben, ob sie morgen Mittag daheim wäre. Er müsste beruflich nach Heidelberg, wie er am Samstag ja schon erwähnt hatte. Und würde sie gerne auf dem Heimweg besuchen kommen. Anja aber hatte darauf so überhaupt keine Lust. Eigentlich dachte sie auch, sie hätte es ihm verständlich erklärt. Jetzt ärgerte sie sich, dass er trotzdem fragte, ob er kommen dürfte. Sie hatte den Tag über immer wieder darüber nachgedacht, was sie ihm am besten schreiben würde. So, das er es verstand und am besten so, dass er aufhörte, wie eine Klette an ihr zu hängen. Sie stopfte sich ein Kissen in den Rücken, nahm sich ihr Handy vom Nachttisch und dachte angestrengt nach. Sie merkte jetzt schon, dass sie nicht mal richtig Lust hatte zu antworten. Am liebsten würde sie das Ganze sang- und klanglos beenden. Und jetzt bereute sie es auch, überhaupt etwas mit Alexander angefangen zu haben. „He Alex"…. (Ok, der Anfang war schon mal nicht schlecht) „ich möchte nicht, dass du mich morgen besuchen kommst. Eigentlich möchte ich, dass du mich überhaupt nicht besuchen kommst" (ne Anja, so geht das nicht. Das nimmt er dir übel, formulier das nochmal neu). Ihre innere Stimme regte sie gerade noch mehr auf als der Rest, wobei sie wusste, dass sie recht hatte. Man kann manche Dinge einfach nicht so direkt formulieren, wie man möchte, auch wenn das am ehesten der Wahrheit entsprechen würde. Vielmehr sollte sie einfach etwas gefühlvoller werden. Also, nochmal. Das „He, Alex" ließ sie stehen, den Rest löschte sie und begann von Neuem. „Es tut mir leid, aber ich halte es für keine gute Idee, wenn du mich hier besuchen kommst. Es würde alles nur unnötig verkomplizieren" (jawoll, so kannst du weiter machen, immer schön freundlich und sanft bleiben). Anja zeigte ihrer inneren Stimme den Mittelfinger und versuchte sich am nächsten Satz. „Ich finde, wir sollten unsere Art von Beziehung nochmal überdenken. Überlege dir, was du zu verlieren hast. Ich weiß, du bist in deiner Ehe nicht glücklich, aber ich bin weder in der Verfassung noch habe ich Lust darauf, der Schlüssel zu deinem persönlichen Glück zu sein. Ich fühle mich dem, was du von mir erwartest, überhaupt nicht gewachsen. Ich möchte nach so vielen Jahren Ehe, endlich anfangen mein Leben selbst zu gestalten und zu genießen. Und ich habe die Befürchtung, dass eine Beziehung mit dir im ungefähren so sein würde, wie meine Ehe endete. Schon allein der Gedanken daran verursacht mir ein ziemlich ungutes Gefühl. Ich wünsche dir, dass du dein Glück findest, wenn nicht mit deiner Frau, dann mit einer Anderen. Nur ICH werde diese Andere leider nicht sein. Unsere kurze Zeit war sehr schön und dafür danke ich dir, aber zu mehr bin ich einfach nicht bereit. Gruß Anja.

Dann drückte sie auf „senden". Ihre innere Stimme schrie laut auf „sag mal, hast du den Knall nicht gehört?? Habe ich nicht gesagt „freundlich und sanft"? Was sollte das denn gerade???" Anja schaltete ihr Handy auf stumm und legte es auf den Nachttisch. Dann kuschelte sie sich in ihr Kissen, raunte ihrer inneren Stimme ein freundliches „Halts Maul" zu, löschte das Licht und war binnen weniger Minuten eingeschlafen.

Mathilda und Georg saßen im Wartezimmer der radiologischen Praxis. Das MRT von Georgs Rücken war problemlos verlaufen, jetzt warteten sie darauf, mit dem Arzt sprechen zu können. Mathilda war leicht nervös, Georg gab die Gelassenheit in Person. Einzig das nervöse Wippen seines Fußes verriet ihn. „Herr Blomen bitte". Die freundliche Praxisangestellte forderte die beiden auf mitzukommen. „Nehmen Sie Platz, der Doktor Trautmann ist gleich bei Ihnen." Mathilda und Georg taten wie geheißen, beide sprachen kein Wort. Dafür hielt Georg Mathildas Hand. Einige Minuten später betrat ein älterer Herr in einem weißen Kittel den Raum. Er war ziemlich groß und kräftig, hatte graumeliertes Haar und trug einen auffällig dicken Ring an der linken Hand. Auf den ersten Blick wirkte er ziemlich respekteinflößend. Er nickte kurz in Georgs Richtung, dann setzte er sich hinter seinen Schreibtisch und hantierte an seinem Computer Bildschirm. Es klickte ein paarmal, dann starrte er wortlos auf den Bildschirm. Mathilda getraute sich kaum zu atmen. Dann endlich wandte er sich den beiden zu. „Tja Herr Blomen, so wie es aussieht haben Sie wohl eine ausgeprägte infektiöse Spondylodiszitis."

Er sah in zwei völlig ratlose, leere Gesichter. „Ich erkläre Ihnen kurz, um was es sich dabei handelt. Anhand Ihrer Blutwerte konnte Ihr Hausarzt ja schon eine Entzündung im Körper feststellen. Sie hatten irgendwann wohl mal, eher unentdeckt, eine sogenannte Staphylokokken-Infektion. Diese Viren haben sich über Jahre im Körper verteilt und haben an der Wirbelsäule den meisten Schaden angerichtet, ganz vereinfacht ausgedrückt. Wenn die Erkrankung nun weiterhin unbehandelt bleibt, kann es zu neurologischen Ausfällen bis hin zu Lähmungen kommen." Mathilda schnappte nach Luft. „Um Gottes Willen. Kann meinem Mann geholfen werden?" Sie schluckte, Georg strich ihr beruhigend über die Hand. Dr. Trautmann sah die beiden an und nickte dann. „Ich denke schon. Wir werden es jetzt im Vorfeld zunächst über Ruhigstellung und Antibiose versuchen. Sollte sich in den nächsten Wochen keine Besserung einstellen, müssen wir die Entzündungsherde mit einer Skelettszintigraphie exakt lokalisieren und eventuell operieren. Wichtig ist jetzt die absolute körperliche Ruhe für mindestens vier bis sechs Wochen."
Jetzt schnappte Georg hörbar nach Luft. Vier bis sechs Wochen??

Wie sollte er das aushalten? Jetzt, wo es angefangen hatte zu schneien. Wer sollte denn den Schnee wegräumen und streuen? Und wer würde sich um die Getränkekisten im Keller kümmern und um die schweren Einkaufstaschen, die Mathilda oftmals mit heim brachte? Er blickte den Arzt völlig verzweifelt an. „Gibt´s denn da keine andere Möglichkeit?" Fast flehend schlug er die Hände zusammen, es hätte nicht viel gefehlt und er hätte sich vor dem Arzt auf die Knie geworfen. Einzig die Tatsache und das Wissen, dass er dann alleine nicht mehr hochkommen würde, hielt ihn davon ab. Dr. Trautmann sah ihn bedauernd an. „Leider nicht, nur so kommen Sie eventuell um eine Operation herum. Die würde sie nämlich noch viel länger außer Gefecht setzen, glauben Sie mir. Außerdem müssten sie danach noch mindestens vier Wochen in Reha. Also, meine Helferinnen werden Ihnen das Rezept ausdrucken, das ich Ihnen jetzt schreibe. Am besten, Sie fangen heute Abend noch mit dem Antibiotika an. Sobald Sie die erste Packung beendet haben lassen sie sich von Dr. Schirrmacher Blut nehmen und dann machen wir nochmal ein Kontroll-MRT. Am besten wird sein, Sie lassen sich gleich einen neuen Termin in 14 Tagen geben." Er stand hinter seinem Schreibtisch auf und gab zuerst Mathilda und dann Georg die Hand. „Wir kriegen das schon wieder hin, Herr Blomen, keine Angst. Also, bis bald."

Mathilda und Georg nickten wortlos, verließen das Arztzimmer und holten sich ihre Jacken von der Garderobe. Danach gingen sie an die Anmeldung und Georg ließ sich, wie befohlen, in zwei Wochen einen erneuten Termin geben. „Ach Herr Blomen, dann muss ich Sie gleich auf das neue Jahr verlegen. In eineinhalb Wochen geht unsere Praxis schon in die Weihnachtsferien." Georg war alles egal, er nickte resigniert. Mit einem Terminzettel bewaffnet und seiner Frau untergehakt ging er stumm zurück zu seinem Auto. Beide stiegen ein und Georg startete das Auto. „Komm Mamutschka, wir gehen jetzt ins nächstbeste Café und essen ein großes Stück Kuchen und trinken eine schöne Tasse Kaffee dazu. Ich darf ja wohl sonst offensichtlich nichts mehr machen die nächsten Wochen, dann kann ich mir auch gleich richtig schön Winterspeck anfuttern." Mathilda musste lachen, wischte sich aber heimlich ein paar Tränchen aus den Augenwinkeln. Sie machte sich nun mal um alles und jeden immer Sorgen und sie wusste jetzt schon, dass diese „Zwangspause" für

Georg überhaupt nicht lustig werden würde.
Und für sie wahrscheinlich auch nicht. Wenn
ihr Mann nichts zu wurschteln hatte wurde er
ziemlich schnell unleidlich. Sie würde sehr gut
auf ihn aufpassen müssen, bevor er nicht
heimlich irgendwelchen Blödsinn anstellte.
„Also dann, stürmen wir das nächste
Kuchenbüffet." Als sie sich beide gegenüber
saßen, jeder ein Stück Schwarzwälder und
eine Tasse Kaffee vor sich, beratschlagten sie,
wie sie die nächsten Wochen handhaben
würden. „Jetzt bedauere ich fast ein wenig,
dass wir keinen Schwiegersohn haben.
Wenigstens keinen Gescheiten." Georg rührte
resigniert in seiner Tasse, nachdem er seiner
Frau von seinen Befürchtungen bezüglich
Schnee und schweren Taschen und Kästen
erzählt hatte. Mathilda war da ein wenig
resoluter, sie packte die Dinge an und
überlegte oft erst danach , ob die Idee
wirklich gut war. „Mach dir doch keine
Gedanken. Bestimmt hilft Roland ab und zu
mal den Hof und die Einfahrt schneefrei zu
bekommen. Und wenn ich Alexander frage
sagt der bestimmt auch nicht nein. Und wir
leben ja nicht in Grönland oder Norwegen,
soviel Schnee wird es schon nicht geben.
Getränke können die Mädels holen, wenn sie
im Ort sind. Und das mit den Einkaufstaschen

kriege ich schon noch alleine hin. Ich bin ja schließlich kein altes, gebrechliches Mütterlein. Du ruhst dich jetzt die nächste Zeit einfach mal richtig schön aus. Stell dir mal vor, es wäre Sommer. Dann würde dir das „Füße still halten" doch erst recht schwer fallen, oder?" Sie lächelte ihn liebevoll an. Georg nickte, seine Frau hatte recht. Eigentlich konnte er jetzt außen rum sowieso nicht viel tun, es war also quasi die beste Zeit, um diesen Mist auszukurieren. Er küsste Mathilda über den Tisch hinweg die Hand und dachte dann nach. „Was machen wir denn jetzt am Samstag mit meinem Geburtstag?" Mathilda sah ihn erstaunt an. „Ich versteh die Frage nicht. Willst du denn nicht mehr feiern?" Georg schaute zum Fenster raus. Es war früher Nachmittag und draußen hatte es wieder angefangen leicht zu schneien. „Ich hatte kurz darüber nachgedacht, ja. Aber jetzt denke ich mir, warum nicht. Wenn ich nicht mehr sitzen kann lege ich mich halt unter den Tisch oder auf die Bank."

Er lachte so laut, dass die zwei alten Damen vom Nachbartisch konsterniert zu ihm rüber schauten. Mathilda und er mussten sich beide die Hände vor den Mund halten, um nicht noch mehr Aufsehen zu erregen. Die älteren Damen schüttelnden missbilligend ihre Köpfe.

Georg verengte die Augen zu Schlitzen und sagte fast verschwörerisch zu seiner Frau „komm, lass uns lieber gehen, bevor wir völlig eingeschneit sind….. oder mit Blicken getötet werden." Sie zahlten, gingen langsam zurück ans Auto und fuhren in stillen Einvernehmen nach Hause.

Zuhause angekommen startete Mathilda zunächst einen Rundruf an ihre Töchter. Anja und Finja erreichte sie auf dem Handy, Ronja musste noch bis 19 Uhr arbeiten. Die würde später von Anja informiert werden. Finja sah dem Ganzen recht gelassen entgegen. „Mach dir keine Sorgen Mama. Doro und ich können auch in nächster Zeit etwas mehr helfen, wir haben beide ab übernächster Woche Urlaub." Anja war da schon wieder etwas skeptischer, aber das lag mehr an ihrer Persönlichkeit als an der Situation. „Bitte Mama, übernimm dich nicht. Lass die schweren Sachen liegen, bis eine von uns zu Hause ist. Oder frag Roland. Mach nichts, womit du dich auch noch außer Gefecht setzen könntest. Das wäre fatal. Ich bekomme leider nur über die Feiertage frei, den Rest muss ich arbeiten. Eigentlich wollte ich euch fragen, ob ihr Leonie und Lennox mal für ein paar Tage bei euch aufnehmt, aber unter diesen Umständen ist es vielleicht besser, ich frage Reiner und Else."

Mathilda schnaufte empört in den Hörer. „Kommt ja gar nicht in die Tüte. Natürlich kommen die beiden her zu uns, der Papa wird sich riesig freuen. Das wird eine willkommen Abwechslung für ihn. Die können den ganzen Tag zusammen irgendwas spielen, für draußen ist es sowieso jetzt zu kalt. Und zum Schlittenfahren liegt noch nicht genügend Schnee." Anja atmete insgeheim erleichtert auf. Sie hatte sich zwar mittlerweile mit Reiner und seinen Eltern Else und Jürgen einigermaßen arrangiert, aber natürlich war es ihr viel lieber, wenn Leonie und Lennox daheim bei IHREN Eltern waren. Da war auch gleich die Stimmung um einiges herzlicher als bei ihren Schwiegereltern. Außerdem hatte Else ihre liebe Not mit der Eiseskälte, ihren Knochen bekam das Winterwetter überhaupt nicht. Sie jammerte fast ohne Unterlass, oft kamen die Kinder heim und sagten „die Oma hat wieder mal gar nicht mit uns spielen können, der tut immer alles so weh." Ihre Kinder taten ihr dann jedes mal leid und doch versuchte sie, einen regelmäßigen Kontakt aufrecht zu erhalten. Das mit ihrem Vater war jetzt aber eine Ausnahmesituation, das mussten Reiner und auch ihre Schwiegereltern einsehen. „Also gut Mama, dann sehen wir uns am Samstag morgen.

Ronja muss noch bis Freitag Abend 19 Uhr arbeiten. Ich habe für Papa noch einen Gutschein von seinem Lieblingsbaumarkt besorgt, ich hoffe mal, bis im Frühjahr kann er ihn dann nutzen." Sie verabschiedete sich von ihrer Mutter und schaute auf ihr Handy. Noch keine Antwort von Alexander. Seit sie ihm vorgestern ziemlich klar und deutlich ihre Meinung kund getan hatte, hatte sie nichts mehr von ihm gehört. Er war wohl beleidigt, Anja konnte sich sein Gesicht bildlich vorstellen, als er ihre Nachricht bekommen hatte. Aber es war besser so, sie fühlte sich jedenfalls seitdem wieder viel leichter und befreiter. Jetzt mussten sie alle zunächst ihren Papa wieder flott kriegen, der Rest kam ja sowieso, wie er wollte.

„Mamutschka, würdest du mir noch einen Kaffee bringen, bitte?" Georg lag auf der Couch, den Rücken mit Kissen ausgestopft und die Zeitung auf seiner Brust. Mathilda stand in der Küche, verdrehte die Augen und atmete tief durch. Ihr Georg war jetzt seit drei Tagen von ärztlicher Seite quasi „ruhig gestellt" und seitdem verfiel er immer etwas mehr in die „Pascha-Rolle". Gut, erstens durfte er tatsächlich so gut wie nichts machen und musste sich auch die nächsten Wochen noch schwer zurückhalten, was körperliche Aktivitäten betraf. Zweitens war heute seine 66. Geburtstag. Also straffte Mathilda die Schultern und rief ins Wohnzimmer „natürlich mein Schatz, kommt sofort." Er tat ihr natürlich auch leid, sie kannte ihren Mann ja zur Genüge, diese Rumliegerei zehrte an seinen Nerven. Heute würde der Tag mit Sicherheit genügend Abwechslung bringen, aber die restlichen Wochen tröpfelten einfach so vor sich hin und würden dementsprechend langweilig werden. Sie musste sich schleunigst was einfallen lassen, womit sie ihn beschäftigen konnte. Da klingelte es an der Tür. Von der Couch rief es „wer kann das denn sein?". Mathilda rief zurück „keine Ahnung, meine Glaskugel ist in der Reinigung, vielleicht hilft es, wenn ich aufmache." Sie schüttelte den Kopf und ging zur Haustür. Beim Öffnen hatte sie einen ziemlichen großen Blumenstrauß im Gesicht und eine Flasche Rotwein. „Guten Morgen, ist das Geburtstagskind schon wach?" Ihre Nachbarn und Freunde Ute und Roland kamen hinter den Blumen zum Vorschein. Es war halb elf Uhr morgens. „Dem würde ich was erzählen, wenn der jetzt noch schlafen würde. Kommt rein, Georg ist im Wohnzimmer." Sie schloss die Haustür und folgte den Beiden. „Na altes Haus, was machst du denn für Sachen?" Roland gab Georg die Hand. „Herzlichen Glückwunsch und alles Gute zum Geburtstag. Mit dem Alter kommen die Gebrechen oder wie?" Er feixte. Ute reichte Georg ebenfalls die Hand und gratulierte ihm. Georg setzte sich mühsam auf. Das lange Liegen bekam ihm irgendwie auch nicht, am liebsten würde er jetzt im Keller irgendwas basteln, hämmern, sägen oder reparieren. „Ja ja, macht euch nur lustig. Ich bin mal gespannt, ob dieses ganze nervtötende Nichtstun wenigstens zum gewünschten Erfolg führt. Ihr trinkt doch einen Kaffee mit?

Mia Schatz, bringst du noch zwei Tassen?" Mathilda war mittlerweile wieder zurück in die Küche gegangen und hatte angefangen, kalte Platten zu richten. Da sie alle Abends essen gehen wollten gab es zum Mittagessen heute nur belegte Brötchen und Brote. Sie legte das Messer, mit dem sie gerade die Brötchenhälften butterte, auf die Seite und nahm zwei Tassen aus dem Schrank. Dann setzte sie frischen Kaffee auf und richtete ein Tablett mit Milch und Zucker. Das alles brachte sie mit einem ergebenen Seufzer ins Wohnzimmer. Die letzten Tage war ihr aufgefallen, wie viele Kleinigkeiten ihr Georg im Alltag dann doch immer abnahm. Bisher war ihr das noch nie so bewusst gewesen. Jetzt, da sie diese „Kleinigkeiten" mit übernommen hatte, war sie manchmal doch leicht genervt von der Gesamtsituation. Und es würde noch viel schlimmer werden. Das ahnte sie nur Gott sein Dank zu diesem Zeitpunkt noch nicht. „Der hält dich bestimmt ganz schön auf Trab, oder?" Ute sah sie fast ein wenig mitleidvoll an, als Mathilda das Tablett auf den Esszimmertisch abstellte. Mathilda lächelte. „Ach was, geht schon. Er kann ja nichts dafür. Auch wenn ich ihm manchmal schon gerne was nachwerfen würde." Jetzt lachte sie. „Ich bin halt über die Jahre hinweg ganz schön verwöhnt worden, da werde ich die nächsten Wochen bestimmt überstehen. Danach darf ER mir dann wieder den Kaffee bringen." Roland und Ute setzten sich an den Tisch, Georg schlurfte hinterher. Er strich seiner Frau im Vorbeilaufen kurz über den Rücken und zwinkerte. „Keine Angst, sobald ich wieder schneller und fitter bin als eine Schildkröte auf Valium werde ich DICH wieder richtig verwöhnen." Mathilda errötete leicht und entschwand Richtung Küche, um den Hefezopf aufzuschneiden.

„Wie geht es den Mädels?" Ute rührte sich Zucker in den Kaffee und wartete, bis Mathilda sich neben sie gesetzt hatte. Die Schützens waren die letzten vier Wochen bei ihrer Tochter in Kalifornien gewesen, man hatte sich also jetzt längere Zeit weder gesehen noch gesprochen. Sie waren erst seit drei Tagen wieder daheim. Mathilda hatte bei einem Telefonat mit Ute lediglich kurz Georgs Krankheit erwähnt und ansonsten hatten sie nur über Kalifornien geredet. „Eigentlich alles soweit ganz gut. Finja ist weiterhin sehr glücklich mit Doro und ihrer Arbeit. Sie ist momentan die Unkomplizierteste. Bei Anja läuft es in der Liebe offenbar nicht ganz so rund, aber da kann man ja eh ganz schlecht was reinreden. Bei Ronja bin ich mir gerade nicht ganz so sicher. Eigentlich dachte ich, dass sie sich wohlfühlt mit dem, was sie tut. Sie hat seit ein paar Wochen einen Freund, den sie wohl auch liebt. So richtig schlau werde ich aus ihr trotzdem nicht. Als sie letztes Wochenende hier war hatte ich das Gefühl, als wenn sie über irgendetwas angestrengt nachdenkt. Aber du weißt ja, wie das ist mit den „eigentlich erwachsenen" Kindern. Die musst du laufen lassen, bis sie von alleine zu dir kommen. Jetzt müssen wir erst mal gucken, dass wir unser Familienoberhaupt wieder auf die Beine bekommen." Mathilda sah ihre Gatten mit leichter Sorge im Blick an. Trotz strenger Ruhe und Beschäftigungsverbot waren seine Schmerzen fast noch schlimmer als vorher. „Eure Einfahrt ist ziemlich glatt, soll ich da nachher mal ein bisschen Salz streuen?" Roland biss herzhaft in den Hefezopf und sah Georg fragend an. Der nickte dankbar. Es hatte die letzte Woche immer mal wieder leicht geschneit, Gott sei Dank nie so viel das Mathilda schippen hätte müssen. Aber es war richtig knackig kalt und dementsprechend gefror das bisschen Schnee immer sofort und verwandelte den Hof und die Einfahrt in eine ziemlich gefährliche Rutschbahn. „Das wäre klasse, ich hatte Mathilda gesagt sie solle warten bis eines der Mädels da ist, der Eimer mit dem Salz ist doch ziemlich schwer." Roland stand auf und nahm noch einen Bissen im Stehen. „Ich mach das gleich, bevor noch einer deiner Gäste später auf die Nase fällt und sich was bricht." Kauend verließ er das Esszimmer. Die beiden Ehepaare waren schon Jahre eng miteinander befreundet, Roland wusste daher auch genau, wo er den Eimer mit dem Streusalz finden würde. Er zog sich seine Handschuhe über und schnappte sich den Eimer und die kleine Schaufel. Während er fröhlich pfeifend überall großzügig Salz überall verteilte, bogen gerade Anja und Ronja mit Leonie und Lennox in die Straße zu ihrem Elternhaus ein. Ronja balancierte eine zweistöckige Torte auf ihren Knien, die sie gestern noch selbst fabriziert hatte. Stundenlang hatte sie die ganze Woche über Rezepthefte und Backbücher gewälzt und hatte sich schlussendlich für eine Buttercremetorte entschieden. Sie hatte alles dafür eingekauft und gestern dann einfach losgelegt. Und festgestellt, dass ihr das einen unglaublichen Spaß machte. Es erfüllte sie mit einer gewissen Befriedigung, nun das fertige Tortenkunstwerk vor sich zu haben. Auch Anja war gestern völlig von den Socken gewesen. „Wo hast du denn die gekauft?" waren ihren Worte, als Ronja ihr die fertige Torte präsentierte. Ronja fühlte sich zum ersten Mal seit langem sehr zufrieden und ausgeglichen. Genau dieses Gefühl hatte ihr, seit sie die

Ausbildung zur Kinderkrankenschwester begonnen hatte, gefehlt. In dem Moment, als sie anfing, die Buttercreme auf die Tortenböden zu verteilen hatte sie einen Entschluss gefasst. Sie musste nur nochmal drüber schlafen und dann gucken, was der Rest ihrer Familie von der, zugegebenermaßen etwas verrückten, Idee hielt. Leonie zappelte derweilen aufgeregt auf dem Rücksitz. Sie freute sich darauf, endlich mal wieder zu Oma und Opa nach Wald-Michelbach zu kommen. Die letzten zwei Wochen hatte sie die Wochenenden bei Else und Jürgen verbracht, weil ihr Vater die kommenden zwei Wochenenden keine Zeit haben würde. Also hatten sich die Eltern auf diese Lösung geeinigt. Lennox mochte insgeheim die Eltern seiner Mama auch lieber, aber bei Oma Else und Opa Jürgen war nun mal auch sein Papa. Er war da also noch in einer Art Zwiespalt. Er vermisste seinen Papa ziemlich, fand es aber auch gut, dass seine Eltern nun nicht mehr ständig so stritten. Nur das Mama jetzt wieder soviel arbeitete und darum weniger Zeit hatte, das gefiel ihm eigentlich überhaupt nicht. Als Papa noch daheim gewohnt hatte war Mama immer da und hat sich um alles gekümmert. Dass das, unter anderem, das Problem war, das schlussendlich zur Trennung führte, verstand er logischerweise mit seinen acht Jahren noch nicht. Zu Anfang war er ziemlich sauer auf seine Mutter, die seinen Vater einfach so vor die Tür gesetzt hatte. Und das hatte er sie auch spüren lassen. Aber mit der Zeit merkte er, dass es seiner Mutter jetzt komischerweise viel besser ging. Sie war entspannter, lachte häufiger und sah wieder richtig schön aus. Und er freute sich auf Opa Georg, mit dem hatte er immer viel Spaß. Der konnte alles reparieren oder bauen, was man wollte und er hatte eine richtig tolle Werkstatt, in der sich Lennox fast wie zuhause fühlte. Er liebte es, mit seinem Opa zusammen zu basteln und zu werkeln. Oma Mathilda war auch super, aber sie schimpfte auch ab und zu mal mit ihm, zum Beispiel, wenn er sich nach dem Besuch in Opas Werkstatt nicht die Hände gewaschen hatte oder wenn er lieber an seinem Computer spielte als für die Schule zu lernen. Ein bisschen wie die Mama. Sein Opa nahm ihn dann immer gerne in Schutz. Leonie hing dagegen sehr an ihrer Oma Mathilda. Sie liebte es, mit ihr in der Küche zu sein und zu helfen oder sie ließ sich von ihr zeigen, wie man Blumen pflanzte und pflegte. Und Oma Mathilda konnte wunderbar vorlesen. Alles Dinge, die Lennox überhaupt nicht interessierten. „Hast du eigentlich den Geschenkkorb in den Kofferraum gestellt?" Anja sah Ronja von der Seite an, während sie ihr Auto auf den Stellplatz unterhalb vom Haus parkte. „Na, das fällt dir aber früh ein. Wenn ich jetzt „nein" sage steht er nämlich noch in Dossenheim." Ronja schnallte sich ab. „Aber da ich ja noch nicht an fortschreitender Demenz leide habe ich selbstverständlich daran gedacht. Sowie du hoffentlich an die vier Schachteln Zigaretten, die wir da noch dazu packen wollten." Anja schlug die Hände vors Gesicht. „Scheiße!"

Von den Rückbänken erklang ein fröhliches „Scheiße sagt man nicht." Anja drehte den Kopf nach hinten und sah ihre Tochter an. „Da hast du absolut recht mein Schatz, aber mir ist gerade nichts Passenderes eingefallen. Ich lasse euch jetzt raus und fahre nochmal schnell an die Tankstelle." Ronja hatte die Torte auf dem Beifahrersitz abgestellt, war mittlerweile ums Auto herumgegangen und schnallte Leonie aus ihrem Sitz. Lennox stieg aus und öffnete den Kofferraum. „Warte kleiner Ronaldo, den Korb nehme besser ich. Bevor wir nachher dann nur noch die Zigaretten schenken können." Sie wuschelte ihrem Neffen durch die Haare, der drehte sich unwirsch auf die Seite und murmelte abfällig

„Weiber, wissen immer alles besser."
Eigentlich mochte er Tante Ronja echt gerne, sie behandelte ihn nur manchmal wie ein kleines Kind. Oder eben wie Leonie. Dabei war er ganze drei Jahre älter und gewissermaßen ja mittlerweile der Mann in der Familie. Er fühlte sich sehr wohl im Stande, den Korb alleine zu tragen. „Komm, hör auf zu schmollen, mit heruntergezogener Unterlippe lässt es sich so schlecht singen." Anja hatte das Ganze durch die heruntergelassene Scheibe beobachtet. Ronja hatte erst die Torte in den Hof gebracht und dort auf den Tisch gestellt und lief jetzt wieder zurück zum Auto um den Geschenkkorb zu holen. „Ich bin gleich wieder da, ihr könnt ja schon mal reingehen. Stellt den Korb am besten neben die Tür, dann stecke ich die Zigaretten noch rein und wir können ihn Opa dann zusammen schenken." Anja ließ die Scheibe hochfahren und fuhr los. Bis zu Tankstelle war es nicht weit. Sie holte vier Schachteln Zigaretten der bevorzugten Marke ihres Vaters und machte sich dann wieder auf den Rückweg. Sie parkte, klemmte den Frostschutz auf die Windschutzscheibe, schloss ab und lief dann hoch zum Haus ihrer Eltern. Schon von Weitem sah sie einen Mann in der Einfahrt stehen. Oh nein, das durfte doch jetzt nicht

wahr sein. Wo kam der denn her? Flüchten war unmöglich, er wusste genau, dass sie ihn bereits gesehen hatte. Also straffte sie innerlich wie äußerlich die Schultern und lief auf ihn zu. „Hallo Alexander. Was machst du hier?" Sie klang abweisender und unhöflicher als sie es beabsichtigt hatte. Alexander sah sie mit unglaublich mitleiderregenden und traurigen Augen an. Sofort kam ihr der Begriff „Heulsuse" in den Sinn und irgendwo vor ihrem inneren Augen schwebte gerade ein „Jammerlappen" vorbei. Wie hatte sie sich jemals auch nur im Entferntesten eine Beziehung mit ihm vorstellen können? Alexander holte tief Luft. „Anja, wieso tust du das? Wieso wirfst du alles weg, was wir miteinander hatten. Ich dachte, wir lieben uns. Ich wollte ein völlig neues Leben mit dir beginnen, mit dir hätte ich mir alles vorstellen können. Ich wollte doch mit Nadja reden. Warum servierst du mich jetzt so ab??" Anja war schon ab dem zweiten „Wieso" völlig genervt. Sie hätte am liebsten auf dem Absatz kehrt gemacht und wäre rein zu ihren Eltern, ins Warme. Aber gut, sie musste ihm wenigstens antworten, das war sie sich selbst schuldig. „Ich dachte, meine Nachricht wäre eindeutig gewesen, oder was genau hast du daran nicht verstanden? Ich möchte mich nicht schon wieder so einengen lassen, das wird mir alles zu viel. Und von „Liebe" war ich ehrlich gesagt, noch ziemlich weit entfernt. Ich habe, wie gesagt, die Zeit mit dir sehr genossen, aber mehr als eine Affäre wäre daraus sowieso nicht geworden. Mach dir doch nichts vor, du hattest nicht vor, mit Nadja in nächster Zeit zu reden. So wie es war, war es bequem und einfach.Du hattest ja alles was du wolltest. Aber ich will das so nicht. Ich bin momentan weder bereit für eine neue Beziehung noch für eine nervende Affäre. Also tu mir und dir selbst den Gefallen und lass mich in Ruhe!" Sie hatte sich in Rage geredet und war lauter geworden als beabsichtigt. Das wurde ihr aber erst bewusst, als sie Roland am Zaun stehen sah und sich gegenüber bei Greta die Vorhänge bewegten. Na super, jetzt wusste es wenigstens die halbe Nachbarschaft. „Siehst du, was ich meine? Das ist mir hier viel zu doof." Ohne ein weiteres Wort von Alexander abzuwarten drehte sie sich um und marschierte hoch erhobenen Hauptes Richtung Haustür. „Hallo Anja, alles gut bei dir?" Roland schmiss weiter motiviert Salz durch die Gegend und tat so, als hätte er von all dem eben nichts mitbekommen. Dass er von Anfang an jedes Wort mitgehört hatte wussten sie beide, aber

Roland war da eher der Typ „ist ja dann auch nicht mein Problem". Anja nickte ihm zu. „Jo, alles top. Wie geht's euch? Ihr wart bei Caroline, oder?" Caroline, die Tochter von Ute und Roland, war so alt wie sie und lebte nun seit sechs Jahren mit ihrer Familie in Kalifornien. Sie hatte eine große Ranch, auf der sie mit ihrem Mann zusammen Rinder und Pferde züchtete und fünf Kinder. Manchmal beneidete Anja sie um ihr Leben. „Ja, es war toll alle mal wieder zu sehen. Die beiden Kleinsten kannten wir ja noch gar nicht, sie sind mittlerweile schon ein Jahr alt. Wenn es aber gut läuft fliegen wir nächstes Jahr wieder hin. Geh rein, Mädchen, es ist arschkalt. Ich guck noch dass es hier einigermaßen eisfrei wird, dann komme ich auch." Anja mochte Roland, er war ein unkomplizierter, freundlicher und warmherziger Zeitgenosse. Genau wie seine Frau Ute. Vor der Haustür stand der Fresskorb, den Anja und Ronja für ihren Vater mir allerlei leckeren Sachen gefüllt hatten. Alles Dinge die er gerne mochte, von herzhaft bis süß. Sie packte noch die Zigaretten dazu und schloss dann die Haustür auf. Drinnen empfing sie Stimmengewirr, das Esszimmer saß wohl voll mit Leuten. Noch während sie ihre Jacke an die Garderobe hängte klingelte es an der Tür. „Ich geh schon" rief sie und öffnete. Draußen stand Greta, dick eingemummelt in Jacke, Schal, Mütze und Handschuhe. Dabei wohnte sie doch genau gegenüber. Anja musste lachen. „Hattest du Angst, uns sei das Heizöl ausgegangen oder gehst du Eisangeln?" Greta strahlte unter ihrer dicken Mütze. Dann hielt sie Anja ein Päckchen unter die Nase. „Nein, ich laufe hoch in den Park, ich bin dort verabredet. Gib das bitte deinem Vater. Wir sehen uns ja heute Abend, bis dann." Sprach´s und entschwand. Anja sah ihr leicht verwirrt nach. So ausgeprägt fröhlich gute Laune kannte sie von Greta ja gar nicht. Sie schloss die Haustür, schnappte sich den Korb und machte sich auf den Weg ins Esszimmer. Dort herrschte buntes Treiben. Ihre Mutter und Ute saßen über Utes Handy gebeugt und sahen sich Bilder von Caroline und ihrer Familie an. Ihr Vater hatte Leonie auf dem Schoß und ließ sich von ihr erzählen, was sie die Woche über im Kindergarten alles gemacht hatte. Lennox saß daneben und spielte an seinem Handy. Ronja hörte man aus der Küche summen, während sie die Kerzen auf ihrem selbst gebackenen Meisterwerk verteilte. Anja ging zu ihrem Vater und drückte ihn ganz fest. „Alles Liebe zum Geburtstag Papa, ich hab dich lieb" flüsterte sie ihm ins Ohr. „Danke mein Schatz" kam leise zurück. Dann sah sie ihre beiden Kinder an. „Kommt ihr bitte kurz mit in die Küche?" Leonie krabbelte von Georgs Schoß und war schon weg. Lennox sah gelangweilt von seinem Handy auf. „Ja junger Mann, du auch bitte." Augenrollend stand er auf. Er hatte überhaupt keine Lust darauf, sich jetzt vor den ganzen Menschen hier zum Affen zu machen. Georg hatte ein Einsehen. „Lass den Jungen doch, ihr drei Hübschen bekommt das doch bestimmt auch ohne männliche Unterstützung hin." Bittend sah er Anja an. Die wusste im ersten Moment nicht, ob sie sich gerade in ihrer mütterlichen Autorität untergraben fühlte und darauf bestehen sollte, dass das gemacht wurde, was SIE sagte. Oder ob ihr Vater nicht einfach recht hatte und es ja auch nicht darum ging, einen Hofknicks vor der Queen zu machen. Im Stillen sagte sie sich „komm Anja, bleib einfach locker und lass ihn da sitzen." Sie nickte also gnädig in Lennox´ Richtung und ging dann zu Ronja und Leonie in die Küche. Ronja hatte in der Zwischenzeit die Kerzen auf der Torte angesteckt und Leonie klatschte begeistert in die Hände. Anja nahm sich den Korb und dann gingen alle drei wieder zurück ins Esszimmer. „Heute soll es regnen, stürmen oder schnein......"

Leonie zuliebe löste das Lied eines bekannten Kinderliedermachers das obligatorische „Happy Birthday" ab. Sie kannte das vom Kindergarten und sang dementsprechend inbrünstig und voller Eifer mit. Als sie fertig gesungen hatten klatschte der Rest der Anwesenden Beifall und Ronja ließ ihren Vater die Kerzen ausblasen. „Du musst dir aber auch unbedingt etwas wünschen Opa." Leonie sah ihren Opa aufgeregt zu. Der schloss die Augen, wartete einen Moment und machte sie dann wieder auf. „Und, was hast du dir gewünscht?" Mathilda schmunzelte. „Na hör mal, das darf man doch nicht verraten, sonst geht´s doch nicht in Erfüllung." Lennox schüttelte mal wieder den Kopf, an so einen Mädchenkram glaubte nicht. „Wo habt ihr denn dieses Meisterwerk machen lassen?" Mathilda, Georg und Ute begutachteten nun bewundernd Ronjas Torte. Die schlug sich stolz an die Brust. „Die habe ich ganz alleine gemacht." Ungläubig sah ihre Mutter sie an. „Ernsthaft?? Das ist ja Wahnsinn, in dir stecken ja völlig ungeahnte Talente. Wobei, beim letzten mal mit mir in der Küche fand dich auch, dass da mehr Potenzial in dir steckt als man bisher vermutet hätte." Ronja strahlte. „Die schneiden wir aber erst an,

wenn Finja und Doro auch da sind. Oder kommen die nicht zum Kaffee?" Sie sah auf die Uhr, in der Zwischenzeit war es schon fast halb eins. Auch Mathilda schaute auf die Uhr. „Doch, sie wollten gegen zwei da sein." Anja ging zurück in den Flur und holte das Päckchen, das Greta ihr in die Hand gedrückt hatte. „Hier, das soll ich dir von Greta geben. Die hatte es gerade ziemlich eilig, man würde sich heute Abend ja sehen. Sie hätte jetzt eine Verabredung." Mathilda sah Anja verwundert an. „Wie, eine Verabredung? Sonst hat sie nichts gesagt?" Anja dachte nach. „Doch, dass sie jetzt in den Park läuft. Kannst sie heute Abend ja mal fragen, was sie dort gemacht hat." Schulterzuckend wandte sie sich ihrem Papa zu, sie wollte genau wissen, wie es ihm so ging. Ronja öffnete die Haustür, an der es gerade mal wieder geklingelt hatte. Roland hatte mittlerweile das gesamte Grundstück mit Streusalz versorgt. Er rieb sich die Hände, trotz der Handschuhe waren diese inzwischen eiskalt. „Vielleicht sollte Anja sich das mal kurz angucken kommen. Der lässt wohl doch nicht so schnell locker" meinte er zu Ronja.
Er nickte mit dem Kopf nach hinten, wo Alexander immer noch am Zaun stand und dort gerade versuchte, einen großen Zettel anzubringen. Ronja rief Richtung Esszimmer

„Anja kommst du mal, dein Verehrer scheint dich nochmal sehen zu wollen." Anja kam zur Tür und schaute nach draußen. Ihre Augen verengten sich zu Schlitzen. „Dieser Blödmann, na warte….." Sie schnappte sich ihre Jacke vom Haken und stapfte mit wütenden Schritten Richtung Jägerzaun. Ronja und Roland blieben mit verschränkten Armen in der Haustür stehen und warteten gespannt ab, was passieren würde. „Sag mal, raffst du´s nicht? Ich will nichts mehr von dir. Was machst du da überhaupt?" Alexander sah sie seelenruhig an, für Anja fast schon eine Spur zu ruhig. Er hängte mit ein paar letzten Handgriffen ein Stück Karton an den Zaun. Darauf stand „du darfst mich nicht verlassen, ich werde dich immer lieben!!!" Anja war fassungslos. „Ist dir klar, was du da tust? Was, wenn das Nadja mitbekommt? Willst du ihr wirklich erklären müssen, wo du die letzten Wochenenden nachmittags warst und was du dort gemacht hast? Ich glaube kaum, dass sie das lustig finden würde." Alexander sah sie immer noch noch so seltsam ruhig an.
Anja fühlte sich mit einem Mal sehr unbehaglich. „Es ist mir egal, was die Anderen sagen oder denken, allen voran Nadja. Soll sie mich doch verlassen, etwas Besseres könnte mir ja gar nicht passieren. DU bist meine

absolute Traumfrau und ich will keine andere mehr als dich. Ich hoffe, das siehst du ein und hörst dann endlich damit auf, dich so gegen unsere Beziehung zu wehren." Anja wusste nicht mehr, was sie noch sagen sollte. Das hier war überhaupt kein Spaß mehr und sie war nah dran, Roland um Hilfe zu bitten. Dann aber besann sie sich und versuchte es mit einem kleinen Appell an seinen hoffentlich noch vorhanden Verstand. „Alex, sei doch vernünftig. Das mit uns hätte doch überhaupt keinen Sinn, wir sind viel zu verschieden. Ich bin viel älter als du und führe ein ganz anderes Leben. Außerdem möchte ich nicht der Grund sein, warum eine Ehe zerbricht, ob die nun glücklich ist oder nicht, verstehst du? Mach es mir doch bitte nicht so schwer!" Sie berührte ihn leicht am Arm. Sein Blick wurde weich, er versuchte sie zu umarmen. „Also gibst du uns noch eine Chance?" Anja wich erschrocken zurück. „Nein, ich dachte, das wäre dir jetzt deutlich klar geworden. Ich geh jetzt rein, schließlich hat mein Vater heute Geburtstag, den verbringe ich bestimmt nicht hier draußen im Kalten. Mach´s gut Alexander." Sie drehte sich um und ging. Er rief ihr hinterher „Du kannst nicht einfach so davon laufen. Ich werde dir schon noch beweisen, dass ich der Richtige für dich bin.

Irgendwann wirst auch du es kapiert haben."
Seine Stimme klang kalt, fast drohend. Anja
lief ein Schauer über den Rücken, ungeachtet
der eh schon frostigen Temperatur. Als sie an
der Haustür angekommen war sagte sie
wütend „der spinnt ja wohl völlig. Wenn der
so weitermacht erzähle ICH alles seiner Frau."
Roland sah Anja an und sagte dann etwas,
was Anja, aber auch Ronja, gleichermaßen
beunruhigte. „Von Alexander hört man nicht
viel Gutes, sei also bitte vorsichtig." Anja
wurde misstrauisch. „Was meinst du damit?"
Roland ging zurück in den Flur. „Man hört
einfach nur, dass er seine Frau überhaupt
nicht gut behandelt und sie sich deshalb so
gehen lassen würde. Aber das können auch
alles nur Gerüchte sein." Anja grübelte und
sagte dann „ich hoffe einfach, er gibt jetzt
Ruhe. Nachher hänge ich dieses bescheuerte
Schild wieder ab. Damit hat sich das erledigt.
Rolands Blick deutete sie dann aber
richtigerweise auf „hoffentlich".
Mathilda sah ihrer Ältesten sofort an, das
etwas nicht stimmte. Stirnrunzelnd sah sie sie
an. „Ist was passiert?" Anja winkte ab und
blies dabei genervt die Backen auf. „Der Alex
ist so ein psychotischer Spinner, echt! Der hat
in das alles offenbar viel zu viel
hineininterpretiert und lässt jetzt nicht locker.

Ich hoffe wirklich, er wird bald wieder etwas klarer im Hirn." Anja war rot im Gesicht vor Zorn. Sie hatte leise mit ihrer Mutter in der Küche geredet, sie wollte ihrem Papa seinen Geburtstag nicht versauen. Der saß mit Ute, Roland und Ronja im Esszimmer und war hörbar gut gelaunt. Mathilda und Anja gesellten sich dazu. Anja versuchte ziemlich erfolglos ihrer innerlichen Aufregung Herr zu werden. „Guck mal Mamutschka, was Greta mir geschenkt hat." Georg hielt ein Buch in den Händen und kriegte sich fast nicht mehr ein vor Lachen. „Männer und andere Katastrophen" lautete der Titel. Mathilda musste schmunzeln. „Na, die kennt dich ja auch schon ein paar Jahre, ich finde den Titel gerade sehr passend." Georg sah sie empört an. „Also hör mal, ich bin doch nun wirklich das von Gott geschaffene Bild eines Mannes. Gutaussehend, witzig, charmant, hilfsbereit, handwerklich begabt und dazu noch äußerst sexy und agil. Was kann man da noch mehr verlangen?" Der gesamte Tisch musste lauthals lachen über Georgs ausführliche Beschreibung seines männlichen Daseins. Mathildas Gesichtsfarbe wechselte ins leicht rötliche. „Ja, und wenn du jetzt noch ein bisschen mehr realistisch wärst bekämst du bestimmt das Bundesverdienstkreuz und ein lebensgroßes Denkmal am Rathaus. Ich hole jetzt mal die Brötchen und die kalten Platten rein. Ute und Roland, ihr bleibt doch noch ein bisschen, oder?" Die beiden sahen sich an und dann fast zeitgleich auf die Uhr. „Na gut, eine Stunde haben wir noch. Thomas kommt später noch mit den Kindern." Thomas war der jüngste Sohn von den beiden und lebte mit seiner Familie in Aschaffenburg. „Wir wollten eigentlich nach Siedelsbrunn Schlitten fahren, aber ich befürchte, dafür reicht der Schnee dann doch nicht." Ute sah zum Fenster raus. Leonie und Lennox hatten es sich mit einem Konsolenspiel in Finjas altem Zimmer gemütlich gemacht, die beiden würde man mit Sicherheit den restlichen Nachmittag weder sehen noch hören. Mathilda war mittlerweile mit Anja und Ronja in die Küche gegangen und legte letzte Hand an die Dekoration der kalten Platten. Sie sah auf die Küchenuhr. „Hm, ich bin mal gespannt, wann Finja und Doro auftauchen. Wir wollten doch auch noch zusammen Kaffee trinken. Wenn das so weitergeht, sind wir den ganzen Tag nur am essen. Ich muss mich echt im Neuen Jahr mal wieder ein bisschen bremsen." Sie schlug sich mit der Hand auf den Bauch. „Die Hosen fangen so langsam an zu kneifen." Missmutig verzog sie das Gesicht. Anja sah sie

an. „Ach was Mama, du bist doch nun wirklich
nicht dick. Und ein bisschen Winterspeck hat
in der kalten Jahreszeit ja auch noch keinem
geschadet." Sie trugen gemeinsam die Platten
ins Esszimmer und verteilten Teller und
Servietten. Ronja hatte sich ihr Handy
geschnappt und scrollte sich durch Instagram.
Eigentlich tat sie das aber auch nur aus einem
einzigen Grund. Also hörte sie auf so zu tun,
als würde sie der ganze Rest interessieren und
gab in die Suchleiste den Namen
„supersweet_Girl2001" ein. Lena neigte schon
immer leicht zu Übertreibungen, so auch bei
der Wahl ihres Profilnamens. Unzählige Bilder
ploppten auf, die aktuellsten zeigten Lena im
Schnee in St. Moritz. Und fast auf jedem Bild
hing, im wahrsten Sinne des Wortes, dieser
Giovannni an ihr. Immer mit einem
obercoolen Gesichtsausdruck, selten bis gar
nicht lächelnd. Die schwarzen Haare perfekt
nach hinten geölt, die Klamotten eher
mackerhaft als sportlich. Keiner der beiden
trug Skianzüge oder hatte gar Ski an den
Füßen. Es gab Bilder von den beiden beim
Essen, beim bummeln und sogar beim Sekt
trinken im hauseigenen Whirlpool. Lena
grinste auf jedem Bild derart dümmlich in die
Kamera, dass man den Eindruck gewann, die
dünne Bergluft würde ihrem Gehirn nicht gut

tun. Ihre Kleidung war übertrieben auffällig, verbarg kaum das Nötigste, das meiste war viel zu eng oder zu kurz, aber dafür farblich ihrem Macho-Italiener angepasst. Ronja schüttelte den Kopf, sie verstand nicht, was mit einem mal aus ihrer besten Freundin geworden war. Klar hatte sie früher schon die ein oder andere „Männermacke", aber das jetzt war an Naivität und verliebter Blindheit ja kaum noch zu überbieten. Natürlich hatten sie seit ihrem Streit vor einer Woche kein Wort mehr miteinander gewechselt, weder persönlich, noch am Telefon oder über schriftliche Nachrichten. Dabei hatte Ronja die letzten Tage intensiv nachgedacht und war eigentlich auch zu einem Entschluss gekommen. Und das hätte sie zu gerne mal im Vorfeld mit Lena bequatscht. Sie fühlte, wie sie eine gewisse Traurigkeit überkam. Ihr fehlte die „alte" Lena sehr, die, mit der man Pferde stehlen konnte, die gut zuhören und Ratschläge geben konnte und die immer für einen da war. Ronja hatte versucht, mit Natascha aus ihrem Kurs warm zu werden. Aber das anfängliche Gefühl, dass sie so ähnlich sei wie Lena, hatte sich ziemlich schnell gewandelt. Natascha war unbeherrscht, launisch und zickig und somit eigentlich ziemlich weit weg von Lena.

Obwohl die ja gerade auch sehr weit weg von sich selbst zu scheinen schien. Ronja blieb also vorerst nichts anderes übrig, als abzuwarten. Vielleicht kam Lena ja irgendwann mal selbst wieder zur Vernunft und dann würde alles wieder so werden wie früher. Jedenfalls hoffte sie das gerade. Sie hatte dem Gespräch am Tisch keine sonderliche Beachtung geschenkt und war so in ihren Gedanken versunken gewesen, dass sie jetzt regelrecht erschrak, als Ute sie ansprach. „Und, wie gefällt es dir in Heidelberg?" Oje, auch das noch. Das war gerade die völlig falsche Frage für Ronja. Sie wusste, wenn sie jetzt ganz ehrlich antworten würde, dass sie dann dem gesamten Tisch eine ausführliche Erklärung liefern müsste. Und dazu war sie gerade überhaupt noch nicht bereit. Sie überlegte daher fieberhaft, was sie jetzt auf die. Schnelle antworten sollte. Am besten so unverfänglich wie möglich. Sie setzte einen teilnahmslosen Gesichtsausdruck auf. „Soweit so gut, es ist interessant." Ute hakte nach. „Was machst du denn dort gerade?" „Ich bin auf der Gastro und lerne dort alles, was mit Stoffwechselerkrankungen zu tun hat." Sie merkte selbst, dass ihre Antworten nicht unbedingt die Ausführlichsten waren, hoffte aber inständig, dass sich Ute damit jetzt zufrieden gab. Mitnichten, sie hatte es befürchtet. „Und wohin darfst du dann als nächstes?" So langsam geriet Ronja ins Schwitzen, eigentlich wäre sie am liebsten vom Tisch aufgestanden und wäre hoch in ihr Zimmer. „Ich weiß es noch nicht, wir haben dann erst mal für ein paar Wochen Schule." Georg war schon nach der ersten Frage von Ute und Ronjas Antwort hellhörig geworden und sah seine Tochter fragend an. Dann blickte er zu seiner Frau. Auch die hatte fragend die Augenbrauen nach oben gezogen und wartete scheinbar darauf, dass Ronja sich etwas genauer ausdrückte. Schließlich war sie vor ein paar Wochen vor Begeisterung ja kaum zu bremsen gewesen. Diese Wortkargheit passte da gerade nicht wirklich dazu. Aber nichts dergleichen geschah und Ute sah wohl ein, dass dieses Gespräch nicht wirklich zu irgendetwas führte und gab es endlich auf. Ronja atmete innerlich tief durch. Die Schützens verabschiedeten sich dann auch recht bald, sie wollten zuhause sein wenn ihr Sohn mit seiner Familie kommt. Mittlerweile war es halb drei und von Finja und Doro war noch keine Spur zu sehen. Mathilda überlegte laut „ob ich sie mal anrufen soll?" Aber Georg meinte nur „warte mal noch ein bisschen, wenn was sein sollte werden sie sich schon melden. Zur Not schneiden wir die Torte ohne die Beiden an. Ich kann es ja kaum noch erwarten, das Meisterstück meiner Tochter zu probieren." Er leckte sich über die Lippen und rieb sich den Bauch. „Und bis dahin werde ich mich einfach noch ein bisschen hinlegen. Mia Schatz, würdest du mir vielleicht meine Tabletten bringen?" Georg kam ohne Schmerzmittel kaum über den Tag, und musste noch die nächsten zwei Wochen Antibiotika nehmen. Mathilda nahm einen Teil des Geschirrs mit in die Küche und richtete ein Glas Wasser und zwei Tabletten. Das alles brachte sie ihrem Mann, der sich unter lautem Stöhnen und Geseufze auf die Couch begeben hatte. Anja und Ronja räumten gemeinsam die letzten Reste vom Tisch. In dem Moment ging die Haustür auf und Finja und Doro brachten einen Schwung kalte Luft mit ins Haus. „Huhu, wir sind da." Finja zog ihre dicke Jacke aus, nahm sich die Mütze vom Kopf und schlüpfte aus ihren Winterstiefeln. Doro neben ihr tat es ihr gleich, dann gingen sie gemeinsam Richtung Küche. „Hi, na ihr zwei. Wo bleibt ihr denn, Mama hat sich schon Sorgen gemacht." Anja räumte gerade die Teller in die Spülmaschine und sah Doro und Finja aufmerksam an. Sie sahen beide gut aus, keinerlei Schrammen oder Blessuren, keine humpelte oder hatte irgendwo einen Verband. Also ging es Ihnen wohl offenbar gut. Mathilda kam in die Küche. „Schön das ihr da seid, ich wollte schon einen Suchtrupp losschicken." Finja schüttelte sich ihre Frisur zurecht und zupfte mit den Fingern dran herum. „In Löhrbach war ein LKW in den Graben gerutscht und für die Bergung war die ganze Straße gesperrt. Ich hätte dir gerne Bescheid gegeben, aber dort hat es null Empfang. So, jetzt möchte ich aber gerne erst Mal Papa zum Geburtstag gratulieren wenn´s recht ist." Sie holte das hübsch verpackte, selbst designte „Werkstatt-Schild" aus ihrer Tasche und ging zusammen mit ihrer Freundin ins Wohnzimmer, wo Georg entspannt auf der Couch lag. „Hallo Paps, ich wünsche dir alles Liebe und Gute zum Geburtstag. Darf ich dich kurz drücken?" Finja gab ihm einen Kuss auf die Wange und umarmte ihn ganz vorsichtig. Doro gab ihm die Hand. „Von mir auch alles Liebe Georg." Sie lächelte ihn freundlich an. Doro hatte sich über die letzten Monate zu einer Art vierten Tochter für Mathilda und Georg entwickelt und war mittlerweile ein voll akzeptiertes, weiteres Familienmitglied. Finja überreichte ihrem Vater das längliche Päckchen. „Du kannst ruhig liegenbleiben, ich helfe dir auch gerne beim Auspacken." Georg hatte versucht, sich aufzurichten, war aber mit schmerzerfülltem Gesichtsausdruck wieder zurück in die Kissen gesunken. Er fummelte an der Schleife und riss dann fast ungeduldig das Papier auseinander. Zum Vorschein kam ein wunderschönes, auf antik gemachtes Blechschild. Es wies ein paar künstlich verursachte Roststellen auf und hatte Schrauben, Muttern, einen Hammer und einen Schraubenzieher als Motive. Quer über dem Schild stand „Schorschs Werkstatt……mein Keller-meine Gesetze" und etwas kleiner unten drunter „wenn Papa es nicht reparieren kann ist es wirklich kaputt". Georg verdrückte ein Tränchen, zum einen vor Rührung zum anderen vor Lachen. Er hatte heute wirklich richtig tolle Geschenke bekommen. Seine Frau hatte ihm heute morgen in aller Herrgottsfrüh, noch im Bett liegend, einen Wellnessgutschein überreicht, mit dazugehörigem dreitägigen Hotelaufenthalt im Schwarzwald. Darauf freute er sich jetzt schon sehr und er hoffte, dass sie ihn bald einlösen konnten. Das würde aber von seinem Rücken abhängig sein. Über den Fresskorb hatte er sich dann mindestens genauso gefreut wie über Gretas Buch und die gute Flasche Wein von seinen Freunden. Und die Torte von Ronja fand er sowieso

spektakulär. „Wann gehen wir heute Abend?"
Ronja kam aus der Küche und sah fragend in
die Runde. Sie wirkte irgendwie leicht verwirrt
und gedanklich abwesend. Georg sah in die
Runde. „Naja, so gegen sechs müsste reichen,
dann müssen wir uns nicht so beeilen. Wenn
die Tabletten wirken könnten wir Kaffee
trinken und Kuchen essen." Mathilda grinste.
„Sag mal, wir haben doch gerade erst
gegessen." Aber Georg winkte ab. „Das ist ja
auch schon wieder gut eine halbe Stunde her.
Die Tabletten brauchen auch mindestens eine
halbe bis Dreiviertel Stunde, dann passt das
perfekt." Er verzog die Mundwinkel zu einem
Schmunzeln. Ronja schnappte sich ihr Handy
und rief „dann geh ich noch ein bisschen
hoch, bis später." Und weg war sie. Finja sah
ihr erstaunt hinterher. „Was hat die denn?
Bissel seltsam drauf heute, kann das sein?"
Anja machte nur „Hm", der Rest schwieg.
Keiner wusste wirklich, welcher Hafer das
Nesthäkchen nun schon wieder stach. Man
würde abwarten müssen.
„Wir fahren hier so gegen sechs los. Wann bist
du in Weinheim?" Ronja lag auf ihrem Bett
und wartete auf eine Antwort von Nico. Außer
einem einfachen „Guten Morgen", versehen
mit einem Kuss-Smiley war heute noch nichts
von ihm gekommen. Während sie wartete

dachte sie über ihre Pläne nach. War das, was seit Tagen in ihrem Kopf herumgeisterte, alles wirklich eine so gute Idee? Aber es fühlte sich so gut an, viel besser als der Gedanke an Heidelberg. Und was hatte sie schon groß zu verlieren? Sie war noch jung, sie würde immer wieder etwas finden, wenn sie nur wirklich wollte. Sie musste es ihren Eltern sagen, so viel hing auch von deren Reaktion ab. Und wieder dachte sie mit leisem Wehmut an Lena. Dann piepte ihr Handy. „Hallo Traumfrau. Sorry, aber ich schaffe das heute Abend nicht. Meine Mama hat mich gebeten, auf meinen kleinen Bruder aufzupassen. Beim nächsten mal bin ich aber dabei, versprochen. Ich vermisse dich und deine heißen Küsse, ich würde dich jetzt so gerne spüren....".
Was sollte das denn jetzt?? War das sein Ernst? Ronja sah ungläubig auf ihr Handy. So ein Blödmann. Und seine Machosprüche konnte er sich auch sparen. Sie war maßlos enttäuscht und wütend zugleich. Es klang für sie wie eine billige Ausrede, beweisen konnte sie es ihm natürlich aber nicht. Jetzt hieß es nachdenken, was sollte sie ihm nun darauf antworten. Sie wollte nicht das Bild einer zickigen, nörgelnden Partnerin abgeben, gleichzeitig sollte er aber sehr wohl spüren, dass sie ziemlich sauer war. Sie überlegte und

entschied sich dann für „mach was du musst, ich mach, was ich will!!!".

Zufrieden schickte sie diesen einen Satz ab um sofort danach zu denken „DAS war jetzt so schwachsinnig, dass ich mich nicht wundern würde, wenn er sich überhaupt nicht mehr meldet". Sie steckte das Handy ans Ladekabel und beschloss, es die Zeit, bis sie losfahren würden, zu ignorieren. Heute Abend hatte sie Wichtigeres zu tun, als sich über ihren Freund zu ärgern. Es ging schließlich um ihre Zukunft. Darüber würde sie sich jetzt Gedanken machen. Und vor allem, wie sie das ihrer Familie beibringen sollte. Und da war es vielleicht sogar ganz gut, wenn Nico nicht dabei war…..

Georg hob sein Glas. „Ich freue mich so sehr, dass wir alle heute Abend hier zusammen sind. Schön, dass ihr meinen Geburtstag mit mir verbringt." Er prostete in die Runde. Mathilda, Anja, Ronja, Finja, Doro, Greta, Leonie und Lennox hatten ebenfalls ihre Gläser in der Hand und prosteten zurück. Die Erwachsenen mit Sekt, die beiden Kinder natürlich mit Saft. Mathilda stellte ihr Glas zurück auf den Tisch und stupste ihre Freundin Greta an. „Was genau hast du denn eigentlich heute im Park zu suchen gehabt? Zum Entenfüttern war es ja wohl definitiv zu kalt." Greta lächelte geheimnisvoll. „Ich hatte eine Verabredung, mehr kann ich dazu aber wirklich noch nicht sagen. Vielleicht bald, momentan wäre es noch zu früh. Aber verlass dich drauf, du bist die Erste die es erfährt, wenn es spruchreif wird." Damit war das Thema für Greta erledigt. Mathilda sah ihr an, dass jede weitere Frage und jedes weitere nachhaken unnötig gewesen wäre. Also schwieg sie und sah in die Runde. Leonie und Lennox diskutierten mit ihrer Mutter Anja über die Wahl des Essens, Finja und Doro unterhielten sich mit Georg über ihre Aufträge in der nächsten Zeit und Greta grinste weiter vor sich hin. Einzig Ronja saß etwas verloren mit am Tisch, hatte den Kopf gesenkt und schien mit den Gedanken ganz woanders zu sein. Sie hatte vorhin nur kurz und sehr schnippisch verkündet, dass ihr Freund Nico nun heute Abend doch nicht mitkommen würde. Mathilda vermutete, dass das der Auslöser für Ronjas seltsame Laune war. Da hob Ronja unvermittelt den Kopf.

„Ich muss euch etwas sagen!" Am Tisch wurde es schlagartig ruhig. So ernst und grüblerisch kannte man Ronja eigentlich nicht. „Ich werde meine Ausbildung in Heidelberg nicht weitermachen.".
Der ganze Tisch schnappte hörbar nach Luft, Mathilda und Anja rissen die Augen auf, Greta schlug die Hand vor den Mund. Und noch bevor irgendjemand etwas sagen konnte fing Ronja an, über beide Backen zu strahlen, ihre Augen glänzten und sie verkündete fröhlich:
„Ich werde Bäckerin und Konditorin!"

Wie sich Ronjas ungewöhnlicher Entschluss in die Tat umsetzen lässt, was mit Georg und seinem Rücken passiert, welche seltsame Idee Greta nun wieder hat und wie es mit Anja, Alexander, Finja und Doro weitergeht.....

Das alles erfahrt Ihr in Band 3 von

„Ronjas Welt"

Ich freue mich auf Euch!!

ENDE